서강대학교 인문과학연구소

서강인문정신
015

곽말약과 중국의 근대

지은이 | 이욱연

서강대 중국문화전공 교수

저서

『중국이 내게 말을 걸다 : 이욱연의 중국문화 기행』

『포스트 사회주의 시대의 중국문화』

역서

『아침꽃을 저녁에 줍다 : 루쉰산문선집』

『인생은 고달파 1~2 : 모옌소설』 등.

서강인문정신 015

곽말약과 중국의 근대

초판발행일 | 2009년 12월 31일

펴낸이 | 유재현
기획편집 | 이혜영
마케팅 | 장만
인쇄 | 영신사
제본 | 명지문화
필름출력 | ING
종이 | 한서지업사

펴낸곳 | 소나무
등록 | 1987년 12월 12일 제2-403호
주소 | 121-830 서울시 마포구 상암동 11-9, 201호
전화 | 02-375-5784
팩스 | 02-375-5789
전자우편 | sonamoopub@empal.com
전자집 | sonamuubook.co.kr
책값 | 15,000원

소나무 머리 맞대어 책을 만들고, 가슴 맞대고 고향을 일굽니다

곽말약과
중국의 근대

| 이욱연 지음 |

소나무

책을 펴내며

곽말약은 정의하기가 쉽지 않은 인물이다. 시인이자 극작가였고, 탁월한 갑골문 연구자이자 역사학자이기도 했다. 아마도 문학과 역사, 철학을 통틀어서 인문학을 했던 전통적 학인學人의 마지막 모습을 그에게서 찾을 수 있을 것이다. 그의 천재성을 확인할 수 있는 지점이다. 그런가 하면 곽말약은 중공당과 중국 정부의 문화 관련 핵심 요직을 두루 거치기도 했다. 그를 정의하기 어려움은 이처럼 다채로운 그의 이력에서만 오는 것은 아니다. 중국 현대시의 주춧돌을 세운 작가라는 평가가 있는 반면에 중공당의 나팔수이자 모택동의 계관 시인이라는 극단적인 평가도 받고 있다. 곽말약은 중국 근현대사의 영광과 파란을 상징하는 인물인 셈이다.

사정이 이렇다 보니 곽말약을 연구하는 일이 쉽지가 않다. 특히 정치적 입장에 따라 평가가 극과 극을 달리는 인물이고, 그러다보니 최근에는 중국 대륙에서도 연구가 그리 활발하게 이루어지지 않고 있다. 어쩌면 지금 중국에서 곽말약 연구는 손을 대면 댈수록 덧나는 상처 취급을 받고 있다고 해야 할 것이다.

곽말약을 정의한다는 것, 그리고 나아가 그의 문학과 정치 인생을 평가한다는 것이 이처럼 어렵고 논란이 많은데다, 손을 댈수록 덧나는 상처일지도 모르는 곽말약을 이 책에서 다시 불러낸 것은 곽말약이 중국 근대 지성사와 근대문학을 해명하는 데 핵심적인 인물이라는 점 때문이다. 적어도 문학의 각도에서만 보더라도 노신魯迅과 더불어 곽말약은 중국 근대문학의 크고도 중요한 대표적인 작가이다.

이 책의 관심은 중국 근대의 대표적인 지식인이자 작가인 곽말약을 정치적으로 재단하거나 윤리적으로 판단하여, 과거의 곽말약 연구 틀을 반복하는 데 있지 않다. 이 책에서는 주로 곽말약을 격동의 중국 근대사의 문맥에 놓고서 주로 그가 중국 근대를, 나아가 근대와 어떻게 이해하고 어떻게 고투하였으며, 그것이 그의 문학과 사상에 어떻게 표출되었는지를 검토하였다. 이는 최근의 곽말약 연구가 지나치게 정치, 윤리비평이 되고 있는 데 대한 내 나름의 연구적 반발이다.

그의 문학과 사상, 지적 여정과 삶을, 그 긍정적·부정적 측면을 망라하여 중국 근대의 지평에서 그의 지적·정신적 고투를 분석하려고 한 것이다. 곽말약이라는 한 개인이 중국 근대에 살았던 삶과 그의 사상, 문학을 통해 중국 근대의 특징과 고민, 빛과 그림자를 들여다보려는 시도이다.

아울러 이 책에서 곽말약을 새삼스럽게 다시 불러낸 뜻은 곽말약과 중국의 근대를 이해하는 일, 그의 고투와 영광, 좌절을 다시금 촘촘하게 들여다보는 일이 근대 적응과 근대 극복이라는 이중의 과제를 공유하였던 한국의 근대와 근대문학을 이해하는 데도 나름대로 유용하다고 보기 때문이다.

곽말약의 그러한 추구가 파탄이 난 정황을 곽말약 개인의 도덕의식이나 정치의식 차원에서 해명한 것이 아니라 중국 근대의 경험이라는 차원에서 접근한 것은 이런 맥락에서다. 이 책에서 실린 문제의식은 기본적으로 곽말약의 근대 경험과 근대 의식을 동아시아 근대의 지평에서 해명하려는 데 있다.

중국 근대문학을 공부하기 시작할 무렵부터, 내게 노신과 곽말약은 현대문학으로 진입하기 위해 반드시 넘어야 할 상징적인 산처럼 여겨졌다. 시종 두 사람에게 관심을 가져왔던 것은 이 때문이다. 그 등반이 언제쯤 끝날지, 과연 다 오를 수 있을지는 모르겠지만, 그래도 희망적인 것은 요즘은 그런 산행을 예전보다 좀더 즐기게 되었고 내 나름의 등산로를 찾을 수 있겠다는 자신감이 생기고 있다는 점이다. 이 책으로 그 등반에 필요한 격려와 채찍을 받을 수 있기를 기대한다.

대학원 시절, 현대문학을 보는 새로운 눈을 키워주신 허세욱 선생님께 이 부족한 책으로나마 뒤늦은 감사의 인사를 올린다. 자존과 공생의 삶을 가르쳐 주신 어머님께도 1주기를 맞아, 삼가 영전에 바친다. 늘 힘이 되어주는 아내와 두 아들에게도 사랑의 마음을 전한다. 이 책이 나오도록 출판 지원을 해 주신 서강대 인문과학연구소와 어려움을 마다 않고 한결같이 인문 정신에 투신하고 있는 소나무출판사의 귀한 마음에도 크나큰 존경과 고마움을 전한다.

2009년 가을에
저자 삼가 씀

차 례

1

곽말약과
중국 근대성의 경험

1. 중국 근대성의 경험

마샬 버만Marshall Berman은 『현대성의 경험』이란 책에서 러시아의 모더니즘을 설명하는 가운데 19세기 러시아를 20세기에 대두하는 제3세계의 원형으로 상정하고, 당시 러시아 문학에 나타난 '근대성의 경험the Experience of Modernity'에 대한 분석을 시도한 바 있다. 서구 제국의 경제는 도약하여 상당히 급속도로 성장하고 있던 바로 그 순간 러시아 제국의 경제는 침체하고 있었고, 어떤 면에서는 퇴보하기도 하였다. 그런 가운데 19세기 러시아인들의 경험 속에서 근대화란 "기본적으로 '발생하지 않은' 어떤 것, 혹은 아주 먼 곳에서 발생하고 있는 어떤 것"이었다. 이런 가운데 특유의 '근대성의 경험'은 '낙후와 미발달에 대한 초조'라는 형식을 띠게 된다. 러시아의 근대성 경험이 갖는 이러한 특유의 형식은 1820년대부터 소비에트 시대에 들어서까지도 정치와 문화에 있어서 중심적인 역할을 하였다.[1]

19세기 러시아에서 제3세계 근대성의 원형을 찾는 이러한 진단에 대해, 페리 앤더슨Perry Anderson은 버만의 분석이 미학적 차원에서만 모더니즘 문제에 접근하였고, 근대성 문제를 비정치화·비역사화 시켰다고 비판을 가하고 있다.[2] 버만의 모더니즘에 대한 분석이 모더니즘의 역사성에 대한 분석 측면에서 한계를 지니고 있다는 점과 관련

---

1) 마샬 버만 Marshall Berman, 윤호병·이만식 옮김, 『현대성의 경험 All that is Solid Melts Into Air : The Experience of Modernity』(현대미학사, 1994), 214면.

2) Perry Anderson, "Modernity and Revolution" New Left Review 144(March-April), p. 109.

해서는 앤더슨의 지적이 타당하다 하겠다. 그러나 그럼에도 불구하고 적어도 19세기 러시아의 근대성 경험에 대한 버만의 분석은 20세기 중국(넓게 보자면 19세기 후반까지를 포함하여)의 근대성 경험의 일부 양상에 대해 요령 있게 설명해 주는 나름의 미덕을 지니고 있다고 본다.

다만 중국의 경우에는 근대화에 대한 낙후만이 아니라 이와 더불어 그것이 민족적 위기의식과 결합되는 양상을 보인다. 근대화를 중국에서는 아직 '발생하지 않은 어떤 것, 혹은 아주 먼 곳에서 발생하고 있는 어떤 것'으로 보고, '낙후와 미발달에 대한 초조'와 민족적 위기의식을 느꼈던 근대성의 경험의 양상을 중국 근대에서 발견하기란 퍽 쉬운 일이다.

진독수陳獨秀의 다음과 같은 언급이 그 전형적인 경우다.

> 구미 문명은 하루에 천 리를 진보하나 우리는 단지 바라보고만 있을 뿐, 그들의 빠른 발전을 도저히 따라갈 수 없다는 것 때문에 나는 비관하여 눈물을 흘린다. 그런데도 대다수 이 나라 사람들은 꿈속에서처럼 자만에 빠져 있다. 우리의 도덕, 정치, 공예, 심지어 일상 용품 하나까지 열등하여 도태되지 않을 것이 없다는 것을 모르고 있다. 극소수의 개명 인사들이 있기는 하지만 어찌 멸망의 운명을 구할 수 있을 것인가.[3]

근대화된 서구가 중국을 압박해 들어오는 역사적 상황 속에서 진

---

3) 陳獨秀, 「通信」 1916. 2. 3.

독수는 서구와 중국 사이에서 일어나는 낙차감과, 중국의 낙후와 미발달로 인해 느끼는 초조감뿐만 아니라 위기감을 매우 절박하게 토로하고 있다. 여기서 낙후에 대한 초조감이 민족적 위기감을 동반하고 있다는 사실은 중국 근대의 역사적 상황을 반영하고 있다. 단순한 낙후에 대한 초조가 아니라 그러한 낙후로 인해 근대 세계 질서에서 도태되어 멸망하게 되지 않을까 하는 절박한 생존적 위기감까지 보인다는 점에서 사정이 러시아의 경우보다 훨씬 심각하다고 할 수 있다. 근대화된 서구로 인해 중국에 초래된 민족적 위기이다.

진화론이란 서구 근대의 담론이 19세기말과 20세기 초반 중국 대다수 지식인들에게 커다란 충격을 주었던 것도 당시 중국인, 특히 중국 지식인들이 제국주의 형식으로 확장되어 오는 서구 근대성에 직면하여 느꼈던 위기감과 초조함에 과학적 근거를 제공하여 준 때문이다.

진독수와 같은 그러한 초조함과 위기의식은 노신魯迅에게서도 보인다. 노신은 「광인일기狂人日記」에서 중국의 전통 윤리 도덕이란 사람을 잡아먹는 것이라는 점을 통박한다. 그런데 이 같은 중국 전통 윤리 도덕에 대한 비판과 더 이상 식인을 하지 말라는 상징적 권고는 '사람을 먹지 않는 사람들과 세계 / 아직도 사람을 먹는 사람들과 그 세계'의 대비 속에서 아직도 사람을 먹는 사람들과 그 세계는 조만 간에 이 지상에서 생존할 수 없게 될 것이라는 절박한 위기감과 초조감에 기초하고 있다. 그러한 초조함과 위기의식은 훗날 모택동毛澤東에게서는 '구적球籍 박탈의 위기감'이라는 표현으로 나타난다. 중국이 급속한 근대화를 통해 영국과 미국을 따라잡지 않는다면(超英趕美) 지구 일원으로서 자격을 상실하여 중국이라는 나라가 지구상에 존재하지 않게 될지도 모른다는 위기감이고, 그 위기감 속에서 벗어나기 위해서는 급속한 근대화를 통해 '대약진'해야 한다는 것이 모택동의 생각이었다.[4]

그 같은 위기감과 초조는 모택동 시대가 종결된 뒤인 1980년대 중국 지식인들에게까지도 보인다. 중국이 엄중한 민족 위기에 처해 있다고 보고, 개혁의 긴박함을 강조하였고, 1980년대 중반 '구적球籍'이라는 말은 중국 언론 매체에서 출현 빈도가 가장 높은 단어 가운데 하나였을 정도다.[5]

중국 근대성 문제를 사고하는 데 있어서 '서구 근대성의 이식'이라는 관점에서 바라보는 데 동의하지 않고서 중국 사회가 근대 서구와 전면적으로 접촉하기 이전부터 중국 사회 내부에서 자체적으로 근대성의 맹아가 싹트면서 중국인들이 접한 근대성의 경험의 양상이 문학과 예술에 나타났다고 볼 수도 있다. 그렇지만 그렇다 하더라도 19세기 후반부터 그리고 보다 본격적으로는 20세기 이후 근대화된 서구와의 충돌 이후 중국인들의 근대성의 경험은 확연히 그 양상을 달리한 것만은 분명하다. 서구 근대가 제국주의 형식으로 중국을 압

---

4) 「一七五七年夏季的形勢」, 『毛澤東選集』 第5卷(北京 : 人民出版社, 1977), 463면 참조.
5) 1980년대에 벌어진 '球籍' 문제에 대한 토론에 대해서는 陸一 主編, 『球籍 : 一個世紀性的選擇』(上海 : 百家出版社, 1989) 참조. '球籍' 문제에 대한 토론을 포함하여 1980년대 중국 사상계의 조류에 대한 요령 있는 정리로는 顧昕, 『中國啓蒙的歷史圖景』(홍콩 : 牛津大學出版社, 1992) 참조.

박하면서 '낙후와 미발달에 대한 초조와 민족적 위기의식'은 중국인들의 근대성의 경험에서 매우 중요한 특징적 양상으로 나타나게 된 것이다.

물론 그렇다고 하여 그러한 근대성의 경험에 대한 대응의 방식은 달랐다. 노신과 진독수, 모택동의 지적·정치적 행보만 보더라도 그렇다. 중국 근대성 문제를 검토할 때는 근대성의 경험의 양상을 추적하는 작업 못지않게 중요한 것은 그러한 양상이 어떻게 변주되면서 사상적·문학적 지향으로 표출되는가를 추적하고, 그 역사적 의미를 오늘의 시점에서 되물으며 그 경험을 현재화시키는 일이다. 여기서는 그와 같은 문제의식에서 출발하여 20세기 중국의 근대성 경험의 중요한 특징적 양상인 낙후와 미발달에 대한 초조와 민족적 위기의식이 곽말약에게서는 어떻게 사고되고 문학적으로 투영되어 있는지, 그리고 그것이 어떤 변주의 모습으로 발현되는지를 살펴보려는 시도이다.

2. '일본'이라는 근대 공간

곽말약에게 일본은 근대가 무엇인지를 알게 해 준 곳이다. 근대에 대한 매혹과 근대에 대한 혐오, 근대를 넘어서려는 욕망이 잉태된 곳이었고, 근대에 대한 경험의 실체가 형성된 곳이 바로 일본이었다. 곽말약이 처음 일본에 간 것이 1913년 12월이다. 그로부터 1924년 11월 귀국하기까지 약 10년 동안의 일본 생활은 곽말약의 근대 체험이란 면에서 결정적으로 중요한 시기다. 물론 곽말약은 1928년에 다시 일본으로 건너가 1936년까지 머무르지만, 근대에 대한 인식과 체험, 그리고 그것을 통해 형성된 곽말약과 그의 문학의 정체성이라는 측면에서 보자면 처음 10년간의 일본 생활은 곽말약과 그의 문학에 있어서 결정적인 시기인 것이다.

일본행이 애초부터 어떤 목적의식 속에서 이루어진 것은 아니었다. 퇴학을 반복하던 생활 속에서 고향을 떠나고 싶다는 그의 바람과 곽말약 때문에 '퍽 골머리를 앓던' 그의 큰형의 권고로 인해 이루어졌고, 처음에 의학을 배우게 된 것도 노신처럼 어떤 대의에 의해서가 아니었다.[6] 곽말약은 일본에서 작가로서 자기 정체성을 확립시켰으며, 마르크스주의자로서 새로운 탄생을 맞기도 했다. 그런데 그가 일본을 떠나면서 그간의 일본 생활을 10년 동안의 유기 징역에 비유한 것은 곽말약이 일본에서 체험한 민족적 굴욕감이 강하게 작용한 탓이다.

곽말약은 일본에서 자신이 당했던 굴욕을 자신의 여러 글들에서 피력하고 있다. 중국 신문학 작가들 가운데 '지나인支那人'으로서 일본에서 당한 그 같은 굴욕과 그로 인해 중국 학생들이 받은 상처와 심리적 반응을 가장 격분하여 묘사한 작가가 바로 곽말약이다.[7] 자전소설 「행로난行路難」에서는 규슈대학에 입학하러 가면서 여관에서 겪은 굴욕의 체험을 적고 있다. 그가 방을 달라고 하자 자신이 중국인

---

6) 이에 대한 자세한 사정은, 郭沫若 저, 한국선 역, 『학생시절』(일월서각, 1990), 5-9면과 303-304면 참조.

7) 趙園, 『艱難的選擇』(上海 : 上海文藝出版社, 1987), 440면.

이라는 사실을 알고는 일본인 여주인이 "어, 중국인이야?"라며 정색을 하자, 주인공인 '나'는 분노가 치밀어 오른다.

> 일본인아, 일본인아, 배은망덕(忘恩負義)한 일본인아, 우리 중국이 대관절 어디가 너희만 못하기에 너희들이 이렇게 우리를 멸시하느냐. 너희들은 '지나인支那人'이란 세 자를 말할 때 벌써 너희들의 극단적인 악의를 드러낸다. 너희들은 '지支'자를 말할 때면 일부러 코를 찌푸리고, 너희들이 '나那'자를 말할 때면 콧소리를 길게 늘어 뺀다."[8]

중국과 한국의 근대 문학사를 놓고 볼 때, 특히 신문학 초창기의 경우 일본에서 유학한 작가들에 의해 건설되었다는 것은 주지의 사실이다. 일본에 가서 유학하는 가운데 근대를 체험하고, 근대가 무엇인지, 근대문학이란 무엇인지를 배웠던 것이다. 그들에게 일본이란 근대의 학교였던 셈이다. 그런데 한국과 중국 두 나라 일본 유학 출신 작가들의 근대 체험을 비교해 볼 때 두드러진 특징 가운데 하나는 중국 작가들의 경우 일본에서 겪은 굴욕의 체험이 우리 작가들에 비해 유독 두드러진다는 점이다. 우리의 경우 나라를 잃은 백성이 제국의 중심에서 당하는 비애와 설움이라는 차원이라면, 중국 작가들에게 굴욕의 체험은 격렬한 분노로 표현되곤 하였다. 곽말약과 욱

---

8) 「行路難」, 『郭沫若全集』(北京 : 人民文學出版社, 1982), 9卷, 282면 참조. 이하 『郭沫若全集』은 『全集』으로 약칭하고 면수만 밝힘. 郭沫若의 텍스트들은 판본에 따라 다소 차이를 보인다. 郭沫若이 『沫若文集』에 수록할 때 많이 수정한 때문이다. 이 책의 목표가 郭沫若의 당시 사고를 추적하는 것이므로 여기서는 발표 당시의 것을 기준으로 분석한다.

달부의 경우가 대표적이다.

그 이유에 대한 해명에서 우선적으로 고려되어야 하는 것은 중화의식, 혹은 대국의식과 일찍이 '탈아입구脫亞入歐'를 외치면서 '동양의 영국'으로 성장한, 말하자면 근대성을 선취한 일본의 '일본 판 오리엔탈리즘' 사이의 충돌이다. 먼저 일본 쪽의 사정을 보자. 메이지 유신을 통해 서구적 지식의 우월성을 인정하고 서구 문물을 적극 수용하면서 서구화된 사회로 탈바꿈하려는 일본의 근대성에 대한 자기 인식은 중국을 포함한 다른 아시아 사회의 '비근대성' 혹은 '야만성' 인식과 동시에 진행되었다.

일본인들에게 중국이란 일본에게도 패하고 일본과 서양의 위협 아래 있는 퇴락한 노대국老大國이었다. 이제 일본은 문명을, 중국은 야만과 미개함을 각각 대변하게 된 것이다. 서구의 자기─타자 인식의 복사판이다. 일본과 중국을 포함한 아시아 사이의 관계란 문명화된 일본이 문명화의 사명을 지니고 중국을 포함하여 열등하고 야만적인 아시아 제국을 문명화시키기 위해 강제력을 동원해야 한다는 제국주의적 논리로 나아간다. 동양의 서양으로 근대화된 일본의 일본 판 오리엔탈리즘이다.9) 노신의 산문「후지노선생藤野先生」에서 노신이 좋은 성적을 받자 일본 학생들이 열등한 중국 학생이 그렇게 좋은 성적을 받은 것은 분명 부정행위를 했기 때문이라고 생각하는 일본 학생들의 사고는 근대 일본인들 사고 속에서 일본적 형태로

---

9) 함동주, "동아시아에 투영된 오리엔탈리즘 ─ 일본의 아시아주의"「고대대학원신문」 제65호(1997. 9. 12) 5면.

자리 잡은 오리엔탈리즘의 실체를 보여준다.

중국 쪽의 사정은 한층 복잡하다. 전통적인 화이론적華夷論的 중화주의中華主義가 무의식에 남아 있는 중국인들에게 예전의 속국 신민이라고 할 수 있을 일본인들에 의해 가해지는 굴욕이란 더없이 참을 수 없는 것일 수밖에 없다. 청일전쟁에서 패한 뒤 서구와의 전쟁에서 패했을 때보다 중국인들이 더 격렬한 반응을 보였던 것도 바로 이와 관련된 것이다.

곽말약의 경우, 그것이 더욱 극명하게 표출된다. 곽말약이 보기에 "일본은 후발 민족이다." 메이지 유신으로 근대화를 시작하기 이전인 70여 년 전까지만 해도 일본은 중국의 문화적 속국이었고, 어떤 때는 정치적 속국이었다.[10] 중국은 일본에게 많은 문물을 전해 주었고, "그들(일본 : 인용자)의 문자, 사상, 예술, 사회 조직의 기구, 생산 방식 등등은 모두 우리(중국 : 인용자)에 그 근원을 두고 있다."[11] 심지어 일본의 대표적 식습관인 '사시미刺身'조차도 원래 중국에서 건너간 것이다.[12] 곽말약은 자본주의 이전의 일본 문화는 중국에서 흘러간 것이라고 본다.[13] 위의 인용에서 곽말약이 중국인들을 멸시하는 일본인들을 두고 '배은망덕'하다고 표현하고 있는 것은 그 때문이다. 화이관에 기초한 시혜 의식이 잠복되어 있는 것이다.

그러나 이제 사정이 바뀌었다. 곽말약에 따르면, 일본은 자본주의

---

10) 「日本的過去, 現在, 未來」, 『全集』 18卷, 202면.
11) 「理性與獸性之戰」, 『全集』 18卷, 154면.
12) 「刺身」, 『全集』 18卷, 94면.
13) 「中日文化的交流」, 『全集』 18卷, 80면.

화에 성공하였지만, '큰 형님(老大哥)'14)인 중국은 그렇지 못하였다. 중국은 다른 나라가 철도를 부설하고, 전기화를 실시할 동안 '팔진도八陣圖 속에서 길을 잃은 것처럼' 우왕좌왕하면서 '편안히 걸어다니는 것으로 자동차를 대신'하였으니 "필연적으로 낙후될 수밖에 없었다."15) 그리하여 중국인들은 개만도 못한 취급을 당하고 있고, 열등 민족으로 취급당하는 처지가 되었다.16) 더구나 일본의 교육은 중국인을 멸시하는 것을 기본 취지로 하여 중국인들은 열등 민족이라고 욕하고 있다.17)

그런데 곽말약이 느낀 그 같은 굴욕감과 분노는 '선진' 일본인들이 '후진' 중국인들에게 직접적 굴욕감을 가해서 생긴 것이기도 하지만, 달리 보면 그런 사실의 유무와는 상관없이 자신 스스로가 느끼는 낙후감, 낙후와 미발달로 인해 스스로가 느끼는 초조와 위기감 속에서 나온 것이기도 한다. 꼭 '선진' 일본의 우월성의 주장이나 굴욕적 대우 때문이 아니더라도 중국의 후진성, 낙후에 대한 수치심과 발전된 일본에 대한 질투 어린 격분으로 인해 스스로 굴욕감과 분노를 느끼는 것이다.

아, 내 불쌍한 동포들아!
누구는 죽어라 도박을 하고

---

14) 「日本的過去, 現在, 未來」, 『全集』 18卷, 204면.

15) 「後來者居上」, 『全集』 18卷, 197-198면.

16) 「中日文化的交流」, 『全集』 18卷, 89면.

17) 「世界反侵略秩序的建設」, 『全集』 18卷, 295면.

누구는 죽어라 담배를 피우고

누구는 연신 맥주를 마시고

누구는 연신 요리를 먹고

누구는 그저 순진하게 웃고만 있고

누구는 그저 잡담에만 열심이다.

그대들, 보이지 않는가

서양인들이 묵묵히

오직 원고 교정하는 데만 정신을 쏟고 있는 것이!

오만한 동양인들이

한쪽에서 우리를 비웃고 있는 것이!

아, 나의 눈이 아려 온다! 아려 온다!

눈물의 샘이 끓어올라 터지려 한다!

이 가련한 동포들이 나는 원망스럽다![18]

　　곽말약은 1921년 4월 8일부터 11일까지 성방오成仿吾와 함께 서호
를 구경하러 간다. 이때 그는 항주행 기차를 타고 가며 기차 안에서
상해의 건달 정객 같은 사람들이 기생들과 함께 시끄럽게 먹고 마시
는 것을 목격한다. 이들은 요리를 시켜 먹고, "맥주를 소 물 마시듯
꿀꺽꿀꺽 들이키기도" 하고, 남녀가 다 담배를 피우고 떠들며 노름을

---

18) 「西湖紀游」, 『全集』 1卷, 164면.
　　"矣!我怪可憐的同胞們喲! / 你們有的只拼命賭錢 / 有的只拼命吸煙 / 有的連傾卑
　　酒幾杯 / 有的連翻番菜幾盤 / 有的只顧酣笑 / 有的只顧亂談 / 你們請看喲! / 那幾
　　個肅靜的西人 / 一心在勘校原稿喲! / 那幾個驕慢的東人 / 在一旁嗤笑你們喲! /
　　啊!我的眼睛痛呀!痛呀! / 要被白度以上的淚泉漲破了!"

했다. 그 기차에는 서양 사람과 일본 사람들이 같이 타고 있었다. 이 시는 바로 그 장면을 시로 옮겨 놓은 것이다. 곽말약은 이 장면을 목격한 뒤 자신이 느꼈던 분노와 슬픔을 『학생시절』이라는 회고록에서도 적고 있다.

> 나의 두 눈에는 또 값없는 눈물이 글썽거렸다. 내가 분노한 것은 우리 동포들이 너무도 경쟁심이 없었기 때문이었고, 동시에 중국의 정치적 국면과 국제 정세가 연상되었기 때문이다. 차안의 정경은 바로 그런 시국의 축도였다.[19)]

곽말약과 성방오는 이 당시 '제국대학 교복'을 입고 있었다. 그래서 열차 안의 중국 사람들이 일본 사람으로 여기기도 했다. 곽말약이 기차 안에서 목격한 장면을 형상화한 위의 시는 중국 / 서구·일본으로 이분화되어 있다. 그리고 그 이분화를 지탱하고 있는 것은 제국대학 교복을 입은 곽말약의 시선이다. 즉 일본 근대화를 상징하는 일본 제국대학 학생의 시선으로 낙후된 '가련한 동포들'을 보고 있다. 근대화된 시선 속에서 중국을 바라보고 있는 것이다.

이를 달리 표현하자면 근대화된 시선을 지녔기에 중국의 현실이 낙후로 보이고, 경쟁에서 낙오되고 가망 없는 낙후성에 분노하고 부끄러워하게 되고 국제 사회에서의 중국의 운명에 대해 위기의식을 느끼는 것이다.

---

19) 郭沫若 저, 한국선 옮김, 『학생시절』(일월서각, 1990), 84면.

곽말약이 일본에서 느낀 굴욕감과 중국의 낙후로 인한 분노와 위기감은 기실, 근대화에 대한 욕망 없이는 성립할 수 없는 것이다. 낙후니, 선진이니 후진이니 하는 구분이란 근대화라는 직선적 발전을 전제할 때만 성립할 수 있는 의미 있는 분류법이 되기 때문이다. 곽말약은 일본에서 당한 굴욕감으로 인해 일본을 극도로 부정하게 된다. 곽말약은 1923년 4월 일본을 떠나면서 쓴 시에서 "10년 동안의 징역 생활이 끝났다"라고 시작하고 있다. 그러면서 그는,

> 너희 섬나라 경치는 참으로 아름답다
> 너희 섬나라 여인들은 참으로 진지하다
> 너희 물질의 진보는 참으로 놀랍다
> 너희 일상의 삶은 참으로 고요하다
> 그러나 너희들은, 무산자인 너희들!
> 너희들은 영원히 감옥에 갇혀 있다.[20]

면서 일본을 감옥에 비유하고 있다. 자신은 이제 10년 만기가 되어 귀국하지만 일본인들은 영원히 감옥 생활을 할 거라는 것이다. 그러나 곽말약의 이러한 일본에 대한 부정의 감정 이면에는 시의 앞부분에 나타나 있듯이 일본의 아름다움과 물질적 진보, 고요함에 대한

---

20) 「留別日本」, 『全集』 1卷, 316면.
   "你們島國的風光誠然鮮明 / 你們島國的女兒誠然誠懇 / 你們物質的進步誠然驚人 / 你們日常的生涯誠然平穩 / 但是呀, 你們,無產者的你們!你們是受着了永遠的監禁!"

이끌림 내지는 질투의 감정이 미묘하게 잠복되어 있다. 곽말약이 예전에 일본은 보잘것없었고 모두 중국에게 배워 왔다고 자주 강조하는 것도 실은 근대 이후 일본의 선진성에 대한 질투 의식에서 나온 것이고, 이 질투 의식은 일본과 마찬가지로 근대화를 욕망하는 데서 발원하는 것이다.

요컨대, 곽말약에게 일본 근대란 중국과 중국인을 압박하고 존재의 위기로 몰아넣기도 하며, 중국인들에게 낙후로 인한 초조와 위기의식, 굴욕감을 경험하게 하는 위협적인 존재이다. 따라서 그것을 부정하고 거부하고 싶다. 그러나 다른 한편으로 그것은 질투 어린 시선 속에서 배우고, 따라잡고 싶은 존재이기도 하다. 예전에는 중국이 일본을 가르쳤지만 지금은 일본에게 배워야 한다는 주장이 바로 그렇다.21) 이는 곽말약을 곤혹스럽게 하기에 충분한 것이다. 그 같은 곤혹은 근대화의 상징인 '도시'에 대한 이중적·모순적 태도 속에서도 보인다.

> 대도시의 맥박이여!
> 삶의 고동이여!
> 때리고, 불고, 외치고,
> 뿜고, 날고, 뛰고,
> 온 하늘가가 연막으로 자욱하다.
> 나의 심장이 출구를 뛰쳐 나오려는구나!

---

21) 「中日文化的交流」, 『全集』 18卷, 89면.

아아! 산악의 파도, 기와집의 파도,

솟아오른다, 솟아오른다, 솟아오른다, 솟아오른다.

온갖 소리들의 symphony

자연과 인생의 혼례여!

구불구불한 해안은 Cupid의 활 같아!

사람의 생명은 화살, 바다에서 날아가고 있구나!

까만 해안, 정박한 기선, 떠가는 기선, 무수한 기선들,

연통 하나 하나가 검은 모란꽃을 피우고 있구나!

아아, 20세기의 명화여!

근대 문명의 어머니여!22)

시의 화자가 산에 올라가 해안에 배가 떠 있는 도시를 내려다보며
느낀 감회를 적고 있다. 시에는 근대화의 주요 상징물인 도시와 기선
이 등장하고 있다. 그것은 곽말약에게는 매우 신선한 경험의 대상이
다. 시에서 대도시는 맥박이 뛰고 역동적 활력이 넘치는 곳이다. 대도
시와 자연은 어떤 불협화음도 없이 하나의 심포니를 이루고 있다.
도시화와 자연, 바꾸어 표현해 근대화와 자연을 대립적으로 보는 사
유가 여기에는 없다. 자연과 도시, 인간이 분리되어 있지 않다. 배가

---

22)「筆立山頭展望」,『全集』1卷, 68면.

　　"大都會的脈搏呀! / 生的鼓動呀! / 打着在, 吹着在, 叫着在 / 噴着在 / 飛着在 / 跳
着在 / 四面的天郊烟幕蒙籠了! / 哦哦, 山岳的波濤, 瓦屋的波濤 / 涌着在,涌着在,
涌着在,涌着在呀! / 萬籟共鳴的symphony / 自然的人生的婚禮呀! / 彎彎的海岸好
像Cupid的弓弩呀! / 人的生命便是箭, 正在海上放射呀! / 黑沈沈的海灣, 停泊着的
輪船, 進行着的輪船, 數不盡的輪船 / 一枝枝的烟筒都開着了朶黑色的牧丹呀! / 哦
哦, 二十世紀的名畫! / 近代文明的産母!"

내뿜는 검은 연기를 '검은 모란꽃'으로, 한 걸음 더 나아가 '20세기의 명화'이자 '근대 문명의 어머니'로 보는 데서 시인의 근대화에 대한 태도는 보다 분명해 진다. 목목천穆木天의 적절한 지적대로, "이 시는 20세기 물질문명에 대한 예찬이다."[23]

그런가 하면 "상해시의 아침 / 아직 숨막히는 가솔린의 독을 받지 않았다"[24]고 하면서 일본에 비해 근대화가 덜된 상해를 깨끗하다고 하는가 하면, 다른 시에서는 "더러운 상해거리 / 깨끗한 것은 / 오직 저 푸르른 하늘 바다뿐"[25]이라면서 중국 근대화를 상징하는 도시 상해의 더러움과 자연을 대비시키기도 한다. 또한 일본을 '신식 문명의 감옥'으로 지칭하고 그에 비해 그의 고향에는 "전을 부쳐먹을 수 있는 깨끗한 찻잎이 있고 // 새가 나는 푸른 하늘이 있고 / 물고기가 마음껏 노니는 호수가 있다"[26]면서 근대화된 일본 / 자연 상태의 중국을 대비시키기도 한다.

그런데 일본의 근대 속에서 일어나는 곽말약의 곤혹스런 경험과 관련하여 만일 곽말약의 민족의식이 강하지 않았더라면 어떠했을 지를 생각해 볼 수 있다. 일본 유학 생활이 곽말약과 그의 문학에 미친 영향 가운데 중요한 것 중의 하나는 그의 민족의식의 형성이다. 곽말약은 마르크스주의에 경도되기 이전, 자신은 "민족의식만 있고,

---

23) 穆木天,「郭沫若的詩歌」,『郭沫若研究資料(中)』(北京 : 中國社會科學出版社, 1982), 141면.
24)「上海的清晨」,『全集』1卷, 319면.
25)「仰望」,『全集』1卷, 197면.
26)「留別日本」,『全集』1卷, 318면.

곽말약과 중국 근대성의 경험 27

계급의식은 없었다"고 회고한 바 있다.[27] 일본에서 생성된 강한 민족의식은 보편적 차원, 즉 일본의 근대와 중국의 근대를 비교하면서 중국인들이 일반적으로 느끼는 열등감 차원에서만 발원한 것은 아니다. 거기에 곽말약 개인의 개인사적 특수성이 결합되어 한층 극명하게 드러나게 된다. 그것은 곽말약이 속한 계층의 문제, 즉 토대 차원의 문제가 그것이다.

구추백瞿秋白의 분석에 따르면 5·4 시기 중국 지식인에 대한 분석에 따르면, 곽말약은 중국 자본주의 발전 과정에서 '궤도에서 밀려난' 각종 '보헤미안' 계층의 일원이다. 전통 사회의 와해로 인해 전통 사회에서 지식인들이 누렸던 정치적·경제적 지위를 보장받을 수 없었고, 그렇다고 태동하기 시작한 자본주의 정치·경제 체제 속으로 성공적으로 편입해 안정적 지위를 차지한 것도 아니었다. 정치적으로는 예전처럼 과거제도를 통해 사회 권력 구조로 진입할 수 있는 길은 이미 사라졌고, 정신적으로는 자신이 속해 있다고 의심 없이 확신할 만한 문화 전통도 이미 사라져 버렸다. 또한 경제적으로는 전통적 지주에서 현대 자유 직업인으로 변한 가운데, 이제는 자기의 지식을 팔아 생계를 유지해야 했다.[28]

전통의 기반은 무너지고 새로 태동한 자본 시대의 궤도에서도 밀려나면서 생겨난 보헤미안 계층에 당시 지식인들 대다수가 속했던 셈이고, 곽말약도 그 일원이었다. 노신처럼 가정이 철저히 파산한

---

27) 郭沫若 著, 『創造十年』(上海 : 現代書局印行, 1932년), 112면.
28) 瞿秋白, 「『魯迅雜感文選集』序言」, 『瞿秋白選集』(北京 : 人民出版社, 1985), 544면.

것은 아니었지만 쇠락한 가운데 일본에서의 생활은 거의 관비에 의
존하였다. 그는 일본 유학 시절 극도의 경제적 곤궁 속에서 지냈다.
1910년대 말과 1920년대 초반 곽말약의 번역 작업은 거의 경제적
동기, 즉 생계의 방편으로 이루어졌다. 생활비 부족으로 인해 번역이
끝나면 원본을 전당포에 맡길 정도였고, 아이들이 영양실조로 입원
하기도 하였다.[29]

더구나 곽말약의 경우 사정이 더욱 열악했던 것은 일본인 아내를
맞음으로 인해 주위로부터 매국노 취급을 당하고 그로 인해 본인이
심한 자책감에 빠지게 되었다는 것이다. 요컨대 곽말약은 나라가 망
하자 개인도 망한 계층의 일원이었고, 그에게는 민족의 운명이 곧
자기의 운명이었던 것이다. 이로 인해 곽말약은 자아와 민족을 동일
시하게 되고 그럼으로써 민족이 그의 존재 의미를 체현하는 절대적
실체로 자리잡게 된다. 「봉황열반鳳凰涅槃」이란 시를 두고, 곽말약이
'봉황'의 부활은 민족과 자기 자신의 부활을 동시에 상징한다고 했던
것도 이와 같은 맥락이다.[30]

곽말약이 일본에서 느낀 굴욕감이란 이러한 민족의식으로 인해
그에게 더욱 강하게 작용했던 것이고, 동시에 굴욕의 체험으로 인해
민족의식이 더욱 강해지기도 했다. 그런데 만일 곽말약이 그 같은
강렬한 민족의식이 없었다면, 곽말약은 일본에서 경험한 근대성에

---

29) 郭沫若 저, 한국선 역, 『학생시절』(일월서각, 1990), 123면과 「孤鴻 — 致成仿吾的一
封信」, 『全集』 16卷, 10면 참조.
30) 郭沫若, 「我的作詩的經過」, 『郭沫若論創作』(上海 : 上海文藝出版社, 1982), 205면.

대해 그 같은 곤혹을 겪지 않았을 것이다. 왜냐하면 민족의식이 강하지 않았을 경우 근대를 인류사의 보편적 과정으로 이해할 수 있었을 것이고, 근대화를 해방의 서사, 계몽의 서사로 받아들였을 것이며, 그 과정에서 일본의 근대와 자기와의 동일시가 일어났을 것이기 때문이다. 그런데 그의 강한 민족의식으로 인해 그러한 근대화라는 해방의 서사가 바로 중국에 압박을 가하고 중국을 낙후와 민족 위기로 내몰기도 하는 억압의 서사가 되는 것이다.

또한 일본에서 겪은 굴욕의 체험이 중요한 것은 본래 타자 없는 중심의 구조라 할 수 있을 중화주의적 인식 패턴에서 이제는 자의건 타의건 타자를 인식할 수밖에 없게 되었다는 점이다. 이 의식은 심정과 정념 차원의 초논리 혹은 논리 이전 상태인 중화의식이 근대적 민족주의로 발전할 수 있는 맹아일 수 있다. 그 맹아가 건전하게 발육하기 위해서는 쌍방향의, 이중의 저항과 해체가 필요할 것이다. 외부와 내부, 즉 제국주의와 민족 내부에 대한 이중의 해체와 저항이 그것이다. 그 이중의 해체 작업을 궁극까지 밀고간 경우가 바로 노신일 것이다. 그러나 곽말약은 자기와 민족의 동일시를 통해 내부의 동일성을 강화하고 그것을 바탕으로 외부를 해체, 저항하려는 시도로 발현되었다. 곽말약에게는 그런 외부에 대한 해체와 저항의 한 방식이 또한 마르크스주의이기도 했다.

3. 서구 근대 부정의 양상

일본 유학 기간 중 곽말약은 1921년 4월 3일 일시 귀국하게 된다. 배를 타고 상해에 도착하는 순간 곽말약은 황홀감에 빠진다. "배가 황포강黃浦江 어구에 들어서자 강 양쪽의 경치는 마치 애인 같았고" "뱃전에 기대고 있는 황홀한 상태 속에서 그 애인의 품으로 ― 황포강의 강심江心 속으로 뛰어들고 싶어" 하였다. 그를 더욱 고무시킨 것은 배에서 바라다본 상해의 '모던적인 풍물'이었다. "배가 앞으로 나아갈수록 물이 탁해지고 하늘은 흐려 보였다. 양수포楊樹浦 일대의 공장에서 들리는 작업종 소리, 매연, 기적, 기중기, 담배 광고, 호객하는 사람들 …… 중세기의 풍경화가 일순간 미래파로 변했다."[31]

오랜만에 귀국하는 설렘과 더불어 나날이 '모던적인 풍물'이 늘어나고 근대화되어 가는 상해의 모습에 곽말약은 고무된다. 그런데 그런 '모던적인 풍물'에 도취되는 것을 가로막고 있는 것이 있다. 그것은 그런 "아름다운 풍경화가 이민족에 의해 뭉개지고 있다"는 사실, "자기의 동포들이 이민족의 채찍 아래서 신음하고 있다"는 사실에 대한 인식 때문이다.[32] 더구나 상해에 막상 내리자 거리의 중국인들은 얼굴에 영양부족기가 서린 채 해골 같은 몰골이었다.[33]

---

31) 郭沫若, 『創造十年』(上海 : 現代書局印行, 1932), 111면.

32) 위의 책, 112면.

33) 위와 같음.

떠도는 시체
　떠들썩한 고기

남자들의 긴 두루마기
　여자들의 짧은 소매

보이는 것은 온통 해골
　거리에는 온통 관

멋대로 끼어들고
　멋대로 가고

내 눈은 눈물을 흘리고
　내 마음은 구토한다.

나는 꿈에서 깨어났다.
　Disillusion의 비애여!34)

　중국에 돌아올 때 느꼈던 황홀감이 하루 만에 환멸의 비애로 바뀌
었다. 그때 상해에서의 경험을 훗날 곽말약의 민족주의 의식을 강화
하고 반제국주의적 태도를 형성시키는 데 매우 중요한 영향을 미쳤
다고 볼 수 있다. 곽말약은 중국의 근대화가 중국에 제국주의 형식
으로 출현한 외국 자본주의에 의해 저지당하고 있고, 때문에 제국주

---

34) 「上海印象」, 『全集』 1卷, 162면.
　　"我從夢中驚醒了! / Disillusion的悲哀喲!//游閑的尸,淫囂的肉 / 長的男袍 / 短的女
　袖 / 滿目都是骷髏 / 滿街都是靈柩 / 亂闖 / 亂走 / 我的眼兒淚流 / 我的心兒作嘔//
　我從夢中驚醒了 / Disillusion的悲哀喲"

의가 중국에 있는 한 중국의 근대화를 실현하기란 불가능하다고
본다.

  유럽 전쟁(1차 대전 : 인용자) 기간 동안에 중국의 자본주의는 해마
  다 계속되는 내란의 피해를 받았지만 그래도 새싹들이 싱싱하게 자라
  나는 것을 볼 수 있었다. 상해와 천진에서는 한때 방직공장들이 우후
  죽순처럼 많이 생겨났다. 그러나 유럽 대전이 끝난 뒤 유럽 자본주의
  세력이 다시 권토중래하여 막 자라나기 시작한 그 죽순들을 거의
  전부 뽑아 기름 가마에 넣어 버렸다. 각성한 사람들은 그 무형의 제국
  주의에 저항하지 않으면 민족 자본주의마저도 발전시킬 수 없다는
  것을 깨닫게 되었다.[35]

  이렇게 되면 중국에서 자본주의의 발전이 가능하기 위해서 무엇이
필요한지에 대한 답은 자명해진다.
  제국주의를 중국에서 몰아내는 것, 즉 반제국주의를 위한 투쟁이
다. 곽말약은 "우리가 지금 갈 수 있는 유일한 길은 국제 자본가들을
우리 시장에서 몰아내는 것이다"고 생각하게 된 것이다.[36]
  일본이 근대 이후 중국을 앞서게 된 것은 제국주의라는 외계의
영향이 없었기 때문이고, 이에 비추어 볼 때 중국이 자본주의 경제
발전을 이루기 위해서는 그 같은 외계의 영향이 절연된 상태가
필수적이며, 반제국주의라는 정치혁명을 통해 그 조건을 창출하여

---

35) 郭沫若, 『創造十年』(上海 : 現代書局印行, 1932). 263면.
36) 龔繼民, 方仁念 編, 『郭沫若年譜(上)』(天津 : 天津人民出版社, 1982), 164면.

야 한다고 여겼다.[37] 곽말약에게 반제국주의는 중국의 낙후를 구원하고 민족을 위기에서 탈출시키며 근대화를 가져오는 유일한 길이다.

곽말약은 1924년 4월과 5월 사이에 가와카미 하지메河上肇의『사회조직과 사회혁명』을 번역하고 난 뒤부터 "나는 이제 마르크스주의의 철저한 신도가 되었다"고 선언한다.[38] 곽말약이 마르크스주의를 승인하게 된 가장 큰 이유는 그의 민족의식에서 발원된 반제국주의 의식 때문이다. 중국 근대의 곤혹스런 상황, 즉 중국인들이 추구하려고 하는 그 근대가 중국에 제국주의로 출현해 있는 곤혹스런 상황 속에서 곽말약은 제국주의와 근대화를 분리시켜 제국주의 = 자본주의라는 등식 속에서 반제국주의 반자본주의를 통해 근대화를 추구할 수 있는 길을 모색하게 된다.

곽말약에게 그 길은 오직 사회주의의 길뿐이다. 그에게 사회주의란 반제국주의를 통해 민족의 생존권을 되찾고 노예 상태를 벗어날 수 있는 길이자 근대화를 통해 낙후와 후진 상태 속에서 벗어나 세계사의 선두로 도약할 수 있는 기제이다.

> 개인 자본주의가 '인성의 본능에 가장 적합한 것'일지라도 (자본주의의 : 인용자) 자연스러운 발전 속에 사회주의를 실현할 가능성이 존재한다고 할지라도 현재의 중국에서는 그 발달의 희망이 없다. 우리

---

37)「創造十年 續編」, 郭沫若 著, 한국선 역,『학생시절』(일월서각, 1990), 272면.
38)「孤鴻 – 致成仿吾的一封信」,『全集』16卷, 8면.

가 영원이 남의 노예 노릇을 하길 원하지 않는다면, 세계 자본주의 국가의 속국이 되고 싶지 않다면 우리 중국인에게 남아 있는 유일한 길은 사회주의의 길, 노농 러시아의 길을 가는 것뿐이다.[39]

우리가 대공업을 발전시키고 물질적 생산력을 증진시키자면 단 하나의 지름길이 있다. 그것은 하루속히 '사회주의 정치 혁명'을 진행하여 국가자본주의를 실시하는 것이다.[40]

그러한 사회주의의 길이 곽말약에게 더욱 매력적으로 여겨졌던 것은 사회주의가 중국의 낙후를 청산하고 세계사적 선진으로 비약할 수 있는 '지름길'이라고 보았기 때문이다. 곽말약의 표현에 따르면 그것은 "뒤떨어진 자가 도리어 추월할 수 있는 길(後來者居上)"이다. 곽말약은 그 예증을 소련에서 찾는다. 그에 따르면 일본의 자산계급 혁명은 60-70년의 시간을 거쳐 성공을 거두었으나 소련의 사회주의 혁명은 단지 20여 년의 시간밖에 걸리지 않는 '인류의 기적'을 연출했다. 이것이야말로 '뒤떨어진 자가 도리어 추월하여 앞으로 나서는 것'이다. 때문에 곽말약은 중국도 지금은 낙후되어 있는 '뒤떨어진 자(後來者)'이지만 '앞설(居上)' 수 있다고 보며, 그 길은 당연 러시아 혁명의 길을 가는 것이라고 본다.[41]

---

39) 「一個偉大的教訓」, 『全集』 18卷, 16면.
40) 「到宜興去」, 郭沫若 저, 한국선 역, 『학생시절』(일월서각, 1990), 359면.
41) 「後來者居上」, 『全集』 18卷, 197-198면 참조.

사람들아 깨어나라! 깨어나라!

옛날 미국과 프랑스는ー18세기의 양대 혁명

신흥 러시아와 중국은ー20세기의 양대 혁명

20세기 중화민족 대혁명이여!

어서 일어나라! 일어나라! 일어나라!

어서 이 20세기의 세계무대에서 새로운 극을 연출하자!

사람들아, 언제까지나 눈물의 계곡에서 흐느끼지 말라!

그대들 인권을 회복한 뒤

인류 해방의 사명, 세계 평화의 사명을

그대 20세기의 두 샛별이 양어깨에 져라

사람들아, 일어나라! 일어나라! 일어나라![42]

　　미국과 프랑스는 이미 '옛날'이고, 중국과 러시아는 '20세기의 샛별'이다. 곽말약은 이제 러시아의 길을 따라 가는 중국 혁명의 길에 강한 세계사적 자부심을 갖는다. 20세기 역사의 새 조류를 중국이 선도한다는 뿌듯함과 긍지를 가지게 되는 것이다. 이는 민족적 굴욕감에서 민족적 자부심으로의 전환이다. 지난날의 굴욕감이 역사의 신기운의 발견과 새로운 '소년 중국'의 발견 속에서 자부심으로 전환

---

42) 「黃河與揚子江對話」, 『全集』 1卷, 314면.
　　"人們喲, 醒! 醒! 醒! / 已往的美與法-是十八世紀的兩大革命 / 新興的俄與中-是二十世紀的兩大革命 / 二十世紀的中華民族大革命喲 / 快起! 起! 紀! / 快在這二十世紀世界舞臺上別演一場新劇! / 人們喲, 莫用永在淚谷之中欷歔! / 我們把人權恢復了之後 / 人類解放的使命,　世界和平的使命 / 要望你們二十世紀的兩個新星雙肩幷去! / 人們喲, 起! 起! 起!"

되고 있다.[43]

곽말약의 자본주의 비판, 자본주의 근대에 대한 부정은 반외세 반제국주의 차원에서 이루어진 것이며, 반제국주의와 근대화를 동시에 가능하게 할 수 있는 기제로서 사회주의 혁명을 보는 것이다. 또한 그는 그것을 통해 낙후에서 벗어날 뿐만 아니라 서구와 일본을 초월하여 세계사적 선진국으로 도약할 수 있다고 본다. 그렇게 되면 서구 근대나 일본 근대로부터 받았던 민족적 굴욕감이나 낙후와 미발달로 인한 초조함과 민족적 위기감을 말끔히 청산할 수 있다.

곽말약의 마르크스주의자로의 전환이 매우 짧은 순간에 극적으로 이루어진 것은 곽말약이 사회주의에서 그 같은 유토피아적 비전을 발견한 때문이다. 곽말약은 중국의 사회주의화를 통한 그 같은 비전이 서구 근대, 일본의 근대보다 보다 우월하고 선진적인 새로운 근대 기획, 선진적 근대 창출이라고 생각했을 것이다.

결국 곽말약의 이러한 서구 근대 부정과 넘어서기, 그리고 사회주의적 기획은 결국 중국 근대의 위기 속에서 곽말약이 애초에 지녔던 근대성의 경험, 즉 낙후와 미발달에 대한 초조와 민족적 위기감의 전도이자 역반응이다. 그의 서구 근대에 대한 비판과 부정은 명백히 서구 근대에 대한 역사적 인식 속에서 나온 것이 아니다. 그것은 낙후와 미발달, 외세의 침략으로 인한 민족적 위기감 속에서 반외세, 반제국주의라는 동기에서 촉발되었다. 이로 인해 그를 지배한 것은 서구

---

43) 趙園,「中國現代小說中的留學生形象」,『艱難的選擇』(上海 : 上海文藝出版社, 1985), 441면.

근대에 대한 역사적 이해가 아니라 그것을 통째로 뛰어넘으려는 욕망, 그것을 통해 서구 근대를 앞서고자 하는 욕망이었다.

서구와 근대, 제국주의를 하나로 봄으로써 제국주의에 대한 부정이 서구에 대한 부정으로, 그리고 근대에 대한 부정과 뛰어넘기로 귀결된 것이다. 서구 근대에 대한 역사적·변증법적 인식의 결여 속에서 서구 근대를 괄호 속에 묶어버리고 서구 근대 이후로 비약하려는 낭만적 근대 부정만이 남은 것이다. 이는 곽말약의 근대성의 경험이 일본이라는 제국주의의 근대 공간 속에서 이루어짐으로써 근대가 민족의식의 필터를 통해 체험된 데 가장 큰 원인이 있을 것이다.

곽말약의 서구 근대에 대한 이러한 비역사적이고 변증법적인 부정은 그의 문학론에도 그대로 반영되어 있다. 곽말약은 그의 문학 활동 초기에 표현론적 문학관을 지니고 있었다.[44] 그에 따르면 "예술은 표현이다." 그리고 "예술은 내부로부터의 자연적 발생이다. 그것의 수정은 내부와 외부의 결합이고 영혼과 자연의 결합이다. 그것의 양분은 외부에 의지하지만 그것은 외부의 본래의 소재가 아니다. 누에가 뽕잎을 먹고 실을 만드는 것처럼 실은 식물의 섬유로 이루어지지만 그렇다고 실이 뽕의 원래 잎은 아니다."[45] 또한 "진정한 예술품은 순수한 주관에서 나와야 한다."[46]

---

44) Marian Galik, "KUO MO-JO AND HIS DEVELOPMENT FROM AESTHETICO-IMPRESSIONIST TO PROLETRAN CRITICISM" *The Genesis of Modern Chinese Literay Critism(1917-1930)*, Publishing House of the Slovak Academy of Sciences, 1980, p.43.

45) 「文藝上的節産」, 郭沫若 著, 黃候興 校, 『文藝論集(匯校本)』(長沙 : 湖南人民出版社, 1984), 132면.

그러나 마르크스주의를 받아들인 뒤에는 "자유의 중국을 건설하려면 모든 중국인은 자기의 자유를 희생해야 한다. 모든 중국인은 자기의 모든 것을 조국의 해방을 위해 바쳐야 하고, 중국이 자유를 얻을 때 모든 중국인도 자유를 얻을 것이다"고 말하고, 중국 사회주의 혁명을 위해 문예 청년들은 무아無我가 되어 계급의식을 전달하는 유성기가 되라고 이렇게 촉구한다.

> 그대들의 부숴진 나팔을 불지 말라. 잠시 유성기가 되어야 한다.
> 유성기가 된다는 것, 이는 문예 청년들의 가장 좋은 신조다. 그대들은
> 너무 쉽게 여기지 말라. 여기에는 몇 가지 필요한 조건이 있다.
> 첫째, 그 소리에 접근하여야 한다.
> 둘째, 무아가 되어야 한다.
> 셋째, 활동할 수 있어야 한다.[47]

말하자면 마르크스주의자가 되기 이전 곽말약은 문학 창작에 있어서 작가 개인의 주관성을 강조했다면, 후에는 작가 개인 주관을 취소시킨 가운데 무산계급 사상을 충실히 전달할 것을 강조하고 있다. 그의 사회주의 혁명 문학론에는 작가의 자아란 애당초 존재하지 않는다. 마르크스주의자가 된 이후 곽말약의 문학이 선전·선동을 위한 객관주의에 빠져 작가적 개성을 상실한 채 동어반복에 빠졌던 것, 거기에 대해 스스로가 전혀 모순과 문제성을 인식하지 못한 것도

---

46) 「論國內評壇及我對於創作上的態度」, 위의 책, 143면.
47) 「英雄樹」, 『全集』 16卷, 46면.

그 때문이다. 초기의 작가 주관에 기초한 예술론을 전적으로 폐기한 결과인 것이다. 마르크스주의자가 된 이후 그 이전의 사상과 문학에 대한 이러한 완전한 부정과 청산적 태도는 그의 서구 근대에 대한 낭만적 부정과 그 궤를 같이하는 것이다.

그런데 곽말약의 서구 근대 부정이 서구 근대 산업화까지를 부정하는 것은 아니다. 위에서 보듯이, "대공업을 발전시켜 물질적 생산력을 발전시키기" 위해 "하루 속히 사회주의 정치 혁명을 진행하여야 하고, 국가자본주의를 실시"해야 한다. 사회주의를 통한 중국의 산업화를 열망하는 가운데 서구 근대의 발달된 생산력을 따라잡고 나아가 추월하기 위해서는 사회주의 혁명이 성공한 뒤에 국가자본주의를 실시해야 한다고 주장하고 있다. 국가가 강력한 힘을 발휘하여 자본을 집중시킨 가운데 산업화, 즉 생산력 발전과 대공업화라는 물질 방면의 근대화를 추동시켜야 한다고 보고 있는 것이다.

이를 위해서는 국가가 강력한 통제력을 발휘하는 일종의 '집단주의'로 나아가야 하고, 이는 '신국가주의'이고, 고대의 '왕도王道'에 상응하는 것이라고 말한다.[48] 말하자면 곽말약은 강력한 중앙집권적 국가 아래 공업화를 향한 매진을 강조하고 있는데, 이는 그의 표현대로 다분히 국가주의 그 자체로서, '개발 독재'라는 제3세계형 전체주의의 요소를 지니고 있다.

이렇게 보자면 곽말약은 반제국주의 반외세라는 전제 속에서 서구 근대를 부정하는 가운데 생산력의 발전과 대공업화라는 차원의 현대

---

48) 「窮漢的窮談」, 『全集』 18卷 25면과 「不讀書好求甚解」, 『全集』 18卷 36면 참조.

화를 추구하려는 것이고, 그것을 가능하게 하는 것이 바로 중국의 사회주의화라고 상정하고 있다. 서구 근대에 대한 태도와 관련하여 보면, 이는 서구 근대의 여러 자산계급 사상과 관념들, 자유주의나 개인주의 등에 대해서는 전적으로 부정하는 가운데 공업화라는 측면에서만 서구 근대를 인정하는 입장이다.

결국 곽말약에게 사회주의는 중국에 제국주의로 출현한 서구 자본주의 근대를 대체하는 것인 동시에 서구 자본주의 근대의 패권 속에서 벗어나 객체로서가 아니라 주체로서 세계무대에 진입하기 위한 선택이었다.

4. '모毛 담론'과 곽말약의 문제성

곽말약은 중국 현대시사를 대표하는 작가로 그 의미를 부여받아 왔다. 적어도 1980년대 이전까지는 그러했다. 그러나 1980년대 이후, 특히 중국 대륙의 현대문학계를 놓고 볼 때, 곽말약에 대한 연구적 관심은 그 이전에 비해 크게 떨어졌다. 80년대 이후 상대적으로 집중적인 연구적 조명을 받고 있는 심종문沈從文, 장애령張愛玲, 전종서錢鍾書 등의 작가와 비교해 볼 때, 곽말약은 거의 연구적 조명을 받지 못하고 있을 뿐만 아니라 심지어 아예 연구자들의 관심 밖으로 밀려났다고 해도 과언이 아니다. 노신과 더불어 병칭되던 그간의 문학사적 지위가 이제는 형편없이 초라하게 변한 것이다.

이러한 현상이 초래된 원인에 대해서는 몇 가지로 해석이 가능하다. 그 가장 중요한 원인은 신시기 이후 중국 대륙에서 대두된 새로운 신문학사관 때문이다. 종래의 신민주주의新民主主義 신문학사관이 해체되면서 나타나는 현상인 것이다. 1980년대 중반 이후 중국 대륙에서 대두된 일련의 계몽주의적 시각에 기반한 문학사 다시 쓰기 조류에 따라 모순茅盾, 정령丁玲, 조수리趙樹理 등 그동안 신민주주의 신문학사관에 따라 중심적 지위를 점해 왔던 작가들, 중국 신문학사에서 좌익 전통을 대표하는 작가들에 대한 연구적 관심이 크게 줄어든 사실을 감안하면, 곽말약에 대한 연구적 관심이 줄어든 것도 같은 맥락에서 이해할 수 있다.

이런 맥락에서 보자면 사실 곽말약에 대한 연구가 하강 국면을 맞은 것은 일면 긍정적인 일이기도 하다. 왜냐하면, 그 동안 곽말약에 대한 의미 부여가 단순히 문학적, 문학사적 차원에서만 이루어진 것은 아니었기 때문이다. 신민주주의 신문학사관의 최대 약점이 정치사의 도식에 따라 문학사를 재단한 것이었듯이, 곽말약의 문학에 대한 평가 역시 단순히 문학적, 문학사적 차원에서만 진행된 것은 아니었다. 곽말약과 중공당과의 관계, 곽말약이 현실 정치에서 차지했던 지위에 영향을 받아 곽말약에 대한 평가에 있어 정치적 차원에서 과도한 의미가 부여되었다. 1930년대 이후, 특히 공산 정권 성립 이후 곽말약의 문학에 대한 객관적 평가가 거의 불가능한 상태였기 때문이다.

그와 더불어 곽말약이라는 인물 자체에 대한 부정적 평가와 그의 문학적·정치적 행로, 특히 1949년 이후의 그것에 대한 비판적 시각도 곽말약 연구의 소강 국면과 관련이 있다. 특유의 영웅주의를 바탕으로 하여, '당의 나팔수'[49]와 모택동의 계관시인 노릇을 함으로써 인격의 독립성, 문학의 독립성을 상실했다는 비판적 시각 때문인 것이다. 이 때문에 일부 연구자들의 경우, 1920년대 곽말약과 그 이후 사회주의 혁명문학을 창작하던 시기의 곽말약을 분리시켜 1920년대 곽말약과 그의 문학에만 문학사적 의미를 부여하고, 그 이후의 문학에 대해서는 문학사적 의미를 부여하지 않기도 한다.[50]

　곽말약과 그의 문학에 대한 위와 같은 연구적 관심의 변화는 충분히 나름의 타당성을 갖는다. 그리고 1980년대 이후 곽말약 연구에서 나타나고 있는 하강 국면은 한 걸음 돌이켜 생각해 보면 곽말약 연구에서 나타났던 일종의 정치적 거품을 걷어내고 곽말약 문학의 실체에 보다 냉정하게 다가가 그의 문학사적 의미를 재정립할 수 있는 일종의 조정기로서 충분히 긍정적 의미를 지니고 있다. 곽말약과 그의 문학에 대한 실사구시적 접근을 통해, 곽말약과 그의 문학적 행로가 중국 신문학사에서 갖는 의미를 냉철하게 구명할 수 있는 여지가 한결 커졌다는 것이다.

　이 차원에서 보자면 곽말약 연구는 하나의 중대한 전환점에 들어섰고, 곽말약과 그의 문학의 입장에서 보면 이제는 정치적 기준이 아니라 문학적 기준에 의해 다시 읽히고, 재평가를 받아야 하는 새로

---

49) 林林, 「這是黨喇叭的精神 ― 憶郭沫若同志」, 『郭沫若研究資料(上)』(北京 : 中國社會科學出版社, 1982), 514면.

50) 北京大學의 錢理群이 대표적으로 그러하다. 공개적으로 그 같은 입장을 표명한 것은 아니지만, 비공식적으로 그러한 입장을 수차례 표명한 바 있다.

운 전환기를 맞고 있는 셈이다.

그런데 어찌 보면 곽말약은 중국 신문학사의 한 비극성을 상징하는 작가이다. 문학 활동 초기에 자아와 개성을 주장하다가 1920년대 후반 이후 작가의 '몰아沒我' '무아론無我論'을 주창하며 프롤레타리아 계급의식을 전파하는 '유성기'가 되라고 주장하는가 하면,51) '예술 무목적론無目的論'을 주장하다가 사회주의 혁명을 위한 전형적인 선전·선동의 문학, 관료주의 문학으로 나아가 문학을 정치로 해체시켜 버린 점 등은 중국 신문학사의 파행성을 그대로 상징한다.

문제는 곽말약과 그의 문학에서 그 같은 파행성과 극적인 전환이 가능하게 된 동기와 경과, 그리고 결과에 대한 해명이다. 주지하듯, 곽말약은 자신의 그 같은 문학적 변신에 대해 한 번도 후회하거나 번민해 본 적이 없다. 이를 두고 곽말약 특유의 영웅주의나 권력욕의 소산이라고 해석할 수도 있다. 그러나 이는 어디까지나 작가 개인에 대한 기질론, 인격론 차원의 해명이다. 물론 그것이 영향을 미친 것은 분명하지만, 그 차원의 접근이란 어디까지나 소박한 환원론 수준이다. 곽말약과 그의 문학의 내면을 충분히 해명하기에는 역부족일 수밖에 없다.

또한 단순히 문학 내적 차원의 규명만으로는 불충분하다. 곽말약의 문학적 행보가 보여주는 급격한 변화의 양상과 1920년대 중반 이후에 나타나는 질적 단절 현상은 문학 내적 차원만으로는 규명이 거의 불가능하다. "솔직히 말해 나는『여신女神』이후 더 이상 시인이

---

51) 『全集』 16卷, 46면.

아니었다"[52)]는 곽말약 스스로의 언급을 주목할 필요가 있는 것이고, 때문에 작품론이 아니라 작가론이 필요하다는 것이다.

더구나 곽말약에게서 보이는 그 같은 문학적 행보가 여타 중국 신문학사의 좌파 작가들에게서도 기본적으로 유사하게 나타났다는 점을 감안하면 사정은 한결 복잡해진다. 이 문제에 대한 해명이 단순히 곽말약 개인을 해명하는 차원을 넘어서는 문제일 수도 있기 때문이다. 말하자면 이는 곽말약 한 개인에 한정된 문제만이 아니라 넓게 보자면 중국 근대라는 공간 속에서 중국 문학과 중국 작가의 정체성 및 역사성, 특히 신문학 좌파 작가들의 정체성과 역사성을 묻는 일일 수 있다.

그럴 때 긴요한 작업은 곽말약과 그의 문학을 중국 근대라는 역사적 지평에 두고서 그의 사상적·문학적 행보를 살피는 일이다. 특히 중국 근대성의 주류 담론, 특히 모택동 담론과의 관계에 대한 해명 없이는 곽말약과 그의 문학이 결국 어떻게 지배 이데올로그적 역할을 수행하고, 당의 나팔수 역할을 하게 되었는지를 제대로 해명할 수 없다고 해도 과언이 아닐 것이다.

모택동의 사회주의는 한편으로는 일종의 근대화 이데올로기였고, 다른 한편으로는 유럽과 미국의 자본주의 근대화에 대한 비판이었다. 그러나 이 비판은 근대화 자체에 대한 비판은 아니었고, 혁명적 이데올로기와 민족주의 입장에서 근대화된 자본주의 단계를 비판한 것이었다. 때문에 가치관과 역사관의 측면에서 볼 때 모택동의 사회주의

---

52) 「序我的詩」, 『郭沫若論創作』(上海 : 上海文藝出版社, 1982), 213면.

사상은 일종의 '반자본주의 근대성적 근대성' 이론이었다.[53] 말하자면 모택동의 사회주의는 자본주의 근대에 대한 비판과 부정의 성격을 지니기는 하지만 그렇다고 반근대는 아니며 자본주의 근대화와는 다른 형태의 근대화를 상정하는 차원의 근대화 이데올로기이다.

모택동 사회주의의 이러한 성격은 한편으로 제국주의와 식민주의에 반대하고, 자유주의와 개인주의를 핵심 가치로 한 부르주아 세계관에 대한 반대로 나타났고, 다른 한편으로는 낙후된 전통 사회를 현대 사회로 전환시키기 위해 이른바 '민주 집중제'를 기초로 한 고도로 집중된 국가 기구를 세우고, 도시와 농촌의 차별을 해소하고, 대약진과 '영국을 넘어서고 미국을 따라 잡기(超英趕美)' 위한 급속한 공업화를 추진하며, 기계화와 물질적 기술의 향상을 찬미하는 것 등으로 나타났다.

그가 자본주의 근대의 핵심적 가치관을 부정한 가운데 자본주의 근대에서 계승한 것은 대공업화를 통한 물질적 생산력의 확대였다. 모택동의 그 같은 사회주의 기획을 통해 서구 자본주의 근대를 극복하고 서구 자본주의 근대의 패권 속에서 벗어나 낙후된 객체로서가 아니라 선진적 주체로서 세계무대에 진입하려고 시도하였다.

그럴 때 모택동의 사회주의는 일종의 민족 해방의 서사가 된다. 이때의 해방의 서사란 아편전쟁 이래 중국이 직면한 민족적 위기를 말끔히 청산하고 민족국가를 완성시킨다는 차원에서 한 걸음 더 나

---

53) 왕후이, 「중국 사회주의와 근대성 문제」, 『창작과비평』 1994년 겨울호(제22권 제4호), 60면.

아가 고도의 중앙 집중적인 방식을 통해 국가를 조직함으로써 근대화를 향해 매진하여 세계사적 선진 세력으로 도약한다는 비전이 거기에 있기 때문이다.

이 기획을 통해 근대성 경험에서 중국 특유의 양상이던 낙후와 미발달의 초조와 위기감, 그리고 굴욕감 등은 흔적 없이 사라지게 된다. 1949년 10월 1일 모택동이 중화인민공화국의 성립을 선포하는 자리에서 "중국 인민이 이제 일어섰다"라고 한 것은 그것의 상징적 선언일 것이다.

중국 근대의 가장 강력한 담론이던 모택동 사회주의의 성격을 이렇게 정리하고 보면 곽말약과 그의 문학이 왜 중공당의 나팔수 역할을, 그것도 기꺼이, 추호의 자기반성도 없이 그러한 노릇을 했는지 자명해 진다. 모택동 사회주의와 곽말약의 사회주의는 거의 완전히 겹쳐 있다는 점이 그것이다. 따라서 모택동 사회주의의 한계는 그대로 곽말약 사회주의의 그것이며, 모택동 식의 근대 비판과 새로운 근대 창출 노력의 한계 역시 그대로 곽말약의 한계가 되고, 모택동 문학론의 한계 역시 그대로 곽말약 문학의 한계가 된다.

모택동 시대가 저물고, 모택동 사회주의가 폐기되면서 곽말약 문학의 시대 역시 저물어 간 이유가 바로 여기에 있다.

모택동의 사회주의와 곽말약의 사회주의는 결국은 자본주의 근대와 또 다른 차원에서 근대주의로 추락하고 만다. 우선 그러한 사회주의는 근대라는 틀 자체를 문제시하는 것이 아니다. 근대적 세계관 자체에 대한 질문을 통해 근대(성)의 이중성과 모순성들, 그리고 상호 역설적이기까지 한 것들이 쟁투하고 있는 측면들에 대해 긴장된 사색을 진행하는 것이 아니라 서구 자본주의 근대를 통째로 넘어서려는 욕망에 저당 잡혀 있다.

이러한 욕망은 서구 근대적 세계관의 역동적 측면을 보지 못하고 오직 부정의 차원에서만 그것을 본 채 채 단지 산업화, 공업화 차원에서만 근대화를 이해하고 추구한다는 점에서 전형적인 근대주의적이다.

서구 근대를 통째로 뛰어넘고 싶은 욕망, 즉 낙후와 미발달로 인한 초조와 민족적 위기감의 전도인 그와 같은 욕망을 자극한 것은 붕괴된 중화 제국의 신화를 재건하여 민족적 위기감에서 벗어나고 세계의 선진과 중심으로 도약하려는 중화주의적 열망이었다. 모택동이 민족 영웅의 면모를 체현하고 오늘날까지 중국인들의 가슴에 남아 있는 것도 이와 관련된다. 또한 곽말약이 마르크스주의를 승인한 이후부터 중국 고대에 대한 관심이 증대되었다는 점은 충분히 주목할 만하다.

갑골문이나 중국 고대사에 대한 그의 연구를 저변에서부터 추동한 것은 중화 문화의 저력에 대한 자부심이었다. 그리하여 고대사 연구를 통해 중국 사회가 원시제로부터 시작하여 서구 사회와 동등한 발전을 이루었음을 증명하고 고대의 찬란한 문학적 자산을 발굴해 낸다. 그의 고대 또는 전근대에 대한 관심은 명백히 근대를 보다 잘 투시하기 위해, 근대의 억압을 드러내기 위한 기제로서, 혹은 기존의 서구 근대를 넘어선 새로운 근대 창출한 위한 기획의 차원에서 나온 것이 아니다.

그의 고대사에 대한 관심은 명백히 민족적 낙후감과 굴욕감의 전도이며, 사회주의를 통해 세계사적 선진으로 도약하고 싶은 열망과 동전의 양면을 이루는 것이다. 그런 의미에서 보자면 그 같은 곽말약의 일련의 작업은 마르크스주의와 더불어 낙후와 미발달로 인한 초조와 민족적 위기감이라는 곽말약의 근대성의 체험의 변주라 할 것이다. 그럴 경우 곽말약의 역사극 창작의 동기에 대해서도 국민당 통치구라는 상황 논리에 덧붙여 그의 근대성의 경험과 관련하여 새로운 해명이 시도되어야 할 것이다.

2

곽말약 시의 낭만적 상상력

1. 현대 중국의 지형학

자기의 시대가 이미 파산하였으며, 세계가 더 이상 개체의 삶을 보존·고양시켜줄 수 없다는 세계에 대한 적대적 인식은, 특정 시대나 일개인만의 고유한 것은 아니다. 이제까지 자기 삶의 나침이 되어왔고, 삶의 든든한 버팀목이 되어주던 현실 세계가 이제는 삶에 나침을 제공하지 못할 뿐만 아니라, 오히려 자기의 인간다운 삶을 가로막고, 심지어 무너뜨리고 있다는 인식은, 세계에 대한 절망적 진단의 극한이다. 자기 시대에 대한 일종의 파산 선고라 할 이러한 인식은, 역사적 격변기에 흔히 발견되는 특징의 하나이다.

물론 현실 세계의 비극이 어디에서 연유하며, 그 비극을 어떻게 뿌리 뽑을 것인가는 각 시대가 처한 역사적 상황과 개인의 세계관에 따라 달랐다. 그러나 어느 경우든 파산 선고를 내린 주체는, 더 이상 자신이 현실 세계와 화해할 수 없다고 느끼며, 스스로를 현실 세계로부터 의도적으로 독립시키려 하고, 그런 가운데 현실에 대한 강렬한 저주와 야유, 불만을 쏟아내곤 한다.

이와 관련하여 20세기 초반의 중국 현실을 되돌아 볼 때, 주목을 끄는 것 중의 하나는 당시 중국 지식인들과 문학인들이 자기 시대에 내렸던 파산 선고가 사상 유례없이 격렬하고 철저했다는 점이다. 세계사의 보편 속에서 볼 때, 한 시대의 성원들이 자기 시대에 품었던 근원적인 적대감이 그 폭과 깊이에서 극한에 이르던 때는 주로 사회 구성체 자체가 변화에 직면하던 때였다. 다시 말해, 봉건에서 자본으로나 자본에서 사회주의로의 이행기, 또는 그 전야였다. 이런 격변기에는 현실 세계 자체가 통째로 도마 위에 올라 암흑과 반생명의 상징이 되고, 자신의 이상과 결코 화해할 수 없는 모순덩어리로 되곤 한다.

20세기 초, 중국은 중세(봉건)에서 근대(자본)로의 과도기였다. 아편전쟁(1840)을 기화로 중국이 세계 자본주의 체제에 편입되면서, 중국 봉건경제는 급속한 해체의 길을 걷는다. 단순히 이 점만 감안하면, 당시 중국의 혼돈과 당시 지식인들이 가졌던 현실에 대한 적대적 인식은 중세에서 근대로의 이행기에 흔히 발견되는 세계사적 보편으로 이해할 수도 있다.

그러나 이 같은 진단은 서구의 근대를 보편 진리로 상정하는 다분히 근대화론적 시각이다. 이 관점만으로는 당시 중국의 위기를 총체적으로 규명하지 못함은 물론, 당시 지식인들의 현실 부정 의식의 내포와 외연을 충분히 규명할 수 없다. 당시 중국이 직면하였던 위기에 대한 포괄적인 고찰, 다시 말해 근대로의 이행 과정에서 나타난 중국적 특수성을 파고들어야 한다. 아편전쟁 이래 중국이 직면한 위기는 단순히 정치 경제상의 위기를 넘어서는 것이었다.

중세 봉건사회의 해체 위기와 제국주의 침략 등으로 조성된 위기는 무엇보다도 '우주의 중심(中華)'이라는 중국인들의 자부심을 여지없이 꺾어버렸다. 우주의 중심이기는커녕 서구 및 일본에 대한 패배의 연속이었고, 엄습하여 오는 것은 굴욕감과 낙후감뿐이었다. 이 당시의 위기는 당시 지식인들에게 중국 민족과 중화 문명의 본질―중국을 중국이도록 하는 그 무엇―에 대한 근원적으로 다시 사고하

게 하였고, 이런 측면에서 보자면 이 당시 중국의 위기는 일종의 문명사적 위기였다고 할 수 있다.[1]

이 당시를 지식인들은 중국 민족과 중국 문명의 위기로 인식함으로써 현실 세계와 그 현실 세계의 밑바탕인 구전통·구체제 등에 대한 전면적이고 총체적인 부정으로 나아갔고, 현실에 대한 적대적 인식을 심화시켰던 것이다. 이런 시대에, 당시 지식인들은 파산한 시대와 부서진 세계 속에서 뿌리 뽑힌 존재들로 부유하며 방황하였다. 이미 적대적이 된 현실에 편안히 안주할 수 없었다. 세계가 바로 고문대였고, 자아와 적대적 세계와의 격투가 본격화된 것이다.

대개의 경우 역사란 당대인들의 역사적 불만을 자기 동력으로 하여 전진하며, 그런 면에서 보자면 역사적 불만이란 현실 변혁의 방아쇠이다. 이 당시 중국 지식인들은 현실에 대한 불만과 강한 저주를 퍼붓는 한편, 파산한 현실의 너머에 있을 이상적인 세계에 대한 초상을 그리기 시작하였다. 물론 적어도 1920년대 중반까지 그들이 그렸던 이상 세계의 상은 어느 것이나 모호하고 막연한 밑그림에 불과하였다.

그런 초상들 중에는 서구식 근대사회가 있었는가하면 마르크시즘의 공산사회가 있었고, 무정부적 유토피아가 있었는가 하면 중국 고대의 포근하고 화해로운 세계가 있었다. 이상 세계에 대한 그들의

---

1) 이 당시 중국 위기의 성격에 대한 근대화론자와 마르크스주의자의 시각 차이, 그리고 문명사적 위기로 보는 견해 등에 대해서는 서진영, 「중국혁명을 어떻게 해석할 것인가」, 서진영 외 지음, 『모택동과 중국혁명』(태암, 1987), 112-118면 참고.

초상화는 구성과 색채가 각기 달랐음은 물론, 심지어 적대적이기까지 하였다. 그럼에도 불구하고 이들 초상화들은 한결같이 당시 현실에 대한 불만과 파산 선고를 출발점으로 하였고, 이는 중국 현대사를 이끈 중요한 동력으로 작용하였다.

여기서는 20세기 초 중국의 이러한 현실 지형학을 전제로 하여 출발한다. 곽말약의 시집 『여신女神』(1921)을 중심으로, 곽말약의 비극적 현실 인식의 논리를 살피고, 이를 바탕으로 그가 그렸던 반反현실의 이상 세계의 상을 해명하며, 그 이상 세계에 도달하기 위해 동원하는 기제機制와 논리의 구조를 해부하는 것이 초점이다. 이 과정에서 중국 신문학 낭만주의의 대표작이라 평가되는 『여신』의 시편, 특히 이 시집의 대표작인 장시 「봉황열반鳳凰涅槃」에 대한 집중 분석을 통해, 중국 낭만주의의 성격 일단을 가늠할 수 있을 것이다.

주요 분석 대상인 시집 『여신』은 모두 3집으로 엮어져 있다. 수록된 시는 「서시序詩」 외에 총 56편이며, 시들이 쓰인 시기는 1916년부터 1921년까지다. 이 고찰은 『여신』에 수록된 시들을 중심으로 하고, 여기에 실리지 않았으나 같은 시기에 창작하였던 다른 시들을 추가하여 진행한다.

2. 낭만적 상상력의 구조

1) 비극적 현실 인식과 자아와 세계의 대립

5·4 신문학의 성격을 일컬을 때, 중국에서는 흔히 이른바 '사람의

발견(人的發見)'을 든다. 이 정의는 일찍이 주작인周作人의 「사람의 문학(人的文學)」에서 제출된 이래, 호풍胡風이 5·4 신문학의 역사적 의의를 정리하며 사용한 바 있고,[2] 문혁이 종결된 이후 시작된 이른바 '신시기新時期'(1976-)에 들어서는 유재복劉再復, 전리군錢理群, 왕부인王富仁 등 신시기를 대표하는 문학자들에 의해 그 내포가 심화되고 있다.

'사람의 발견'이란, 엄밀하게 말해 사람에 대한 새로운 발견 내지는 사람에 대한 재발견이라 할 수 있다. 왜냐하면, 너무도 자명하게, 사람이 5·4 시기(1915-1925)에 접어들어서야 비로소 존재한 것은 아니기 때문이다. '사람의 발견'이란 사람을 사람이라고 규정하였던 그 무엇, 사람의 본질에 대한 새로운 발견 내지는 재발견이란 의미로 풀이할 수 있다.

그렇다면, 5·4 신문학이 대두하면서 사람을 사람이도록 하였던 그 무엇, 즉 사람의 본질에 대해 어떤 근본적인 재검토가 있었으며, 사람의 무엇을 새롭게 발견하였다는 것인가? 이 물음에 마주칠 때, 이른바 중세적 인간관과 대비되는 근대적 인간관이 떠오른다.

근대적 인간관이란, 토대적 차원에서 볼 때, 자본주의 경제 토대의 발전과 더불어 성립한 근대 시민계급 이데올로기의 하나로, 그 실질을 한마디로 요약하자면, 자아중심적(개인주의적) 세계관이다. 자아중심적 세계관은 개인이 전통 체계 속에 편입됨으로써만(오히려 소멸됨으로써만) 존재 의미를 부여받는다는 믿음에서 떨쳐 나와 이제는 자신

---

2) 胡風, 「文學上的五四」, 『胡風評論集(中卷)』(人民文學出版社, 1984), 122면.

을 그 무엇으로도 환원될 수 없는 하나의 절대적 존재로 간주한다. 이는 자신 세계의 단일성을 믿는 사고 체계이다. 이를 바탕으로 "각 개인은 유일하고 예외적이며 그 무엇으로도 환치될 수 없는 존재"라는 자아관이 성립한다.[3)

이러한 근대적 인간관은 서구의 경우 중세 신 중심의 인간관에서 해방되는 것이라면, 중국의 경우는 유가적 종법사회의 인간관에서 해방되는 것을 말한다. 주지하듯, 중국의 전통사회는 유가적 종법사회다. 유가적 종법사회란 예禮를 바탕으로 한 존비장유尊卑長幼의 질서 규범에 의해 유지되는 사회로, 이 속에서 개인의 존재와 행위는 윤리강상倫理綱常 혹은 질서라는 사회관계를 통해 규정되었다.

인간 존재의 의의와 인간의 본질은 윤리강상의 그물 속해 처해 있고, 인간은 '나' 자체라기보다는 나를 둘러싼 '관계' 속의 개인으로 존재한다. 이로 인해 개성·인격·자유 등은 '관계'나 집단·윤리·강상綱常 등에 가려 소실되어 버리고, 인간의 본질은 이러한 사회관계의 총화 속에서만 의미를 부여받는다. 이렇게 볼 때, 개체의 자주나 자유·평등·독립 등은 거의 존재할 수 없고, 개체는 홀로 돌출할 수 없으며, 의식적으로 개성이나 주체를 억압, 과소평가하고 덮어둠으로써 집단 구조의 윤리나 질서의 존중과 유지에 기여한다.[4)

5·4 시기의 이른바 '사람의 발견'이란 이러한 전통적 개인관에서 탈피하여, 자유로운 개성을 지닌 인간, 개인의 독립성과 자유로운

---

3) 李桓, 『프랑스 문학사상의 이해』(민음사, 1988), 62면.
4) 李澤厚, 「中體西用論의 유래와 변화」, 『中國現代史上史論』(교보문고, 1991), 171-177면.

생명 의식·자유 등을 상정한 것이며, 5·4 신문학은 이러한 근대적 인간관을 지향, 또는 출발점으로 한 문학이다. 노신魯迅의 개성 중시 사상과 '사람을 세우는 것(立人)'에 대한 천착, 주작인周作人의 '사람의 문학' 주장, "5·4 신문학운동의 주요 목표는 사람의 발견, 즉 개성 발전, 개인주의였다"[5])는 모순茅盾의 회고 역시 기본적으로 이런 의미로 이해하여야 한다.

이 같은 근대적 인간관의 문맥 속에서 곽말약의 시집 『여신』을 고찰할 때, 가장 주목되는 것은 시집 속에 자아중심적 세계관이 매우 격렬하게 토로되어 있다는 점이다.

> 나는 천구天狗!
> 나는 달을 삼키고,
> 나는 해를 삼키고,
> 나는 모든 별을 삼키고,
> 나는 온 우주를 삼킨다.
> 나는 나다!
>
> 나는 달의 빛,
> 나는 해의 빛,
> 나는 모든 별의 빛,
> 나는 X광선의 빛,

---

5) 茅盾, 「關於創作」, 『在東西古今的碰撞中』(中國城市經濟社會出版社, 1989), 103면에서 따옴.

나는 전우주 에너지의 총량이다!6)

이 시는 우주적 생명을 체현한 인간의 위대함을 찬양하고 있다. 이구범李歐梵의 지적대로 중국 시사에서 '나'라는 단어가 이 시만큼 자주 나온 경우는 없다.7) 시의 화자인 '나'는 해와 달을 삼키는 존재이자 온 우주를 삼키는 존재이며, 해와 달의 빛, 즉 천지의 음양과 우주의 모든 에너지를 자기 몸속에 담은 존재이다. 우주의 온 힘이 자기 것이며, 우주의 온갖 사물을 마음대로 삼키는 전지전능한 존재로서의 '나'이다. 이 전능한 존재인 "나는 바로 나다(我便是我)."

나는 전통의 체계나 신에 의해서 의미를 부여받는 존재가 아니라, "나는 나다." 시적 화자의 전능함이 "나는 나다"는 자아중심적 선언, 강렬한 자아의식과 오만한 주관주의를 바탕으로 하여 성립하고 있다. 시인은 자아를 중심에 두고 세계를 바라본다. 시의 화자인 나는 더 이상 신분체계나 윤리강상 속에 편입·소멸됨으로써 의미를 부여받는 존재가 아니며, 나는 나 스스로에 의해 의미를 부여받는다. '나는 나'이며 전통적 인간관의 규제와 통제에서 벗어난 주관적 자아의 역동성과 전능함을 지닌 존재이다.

그런데 이 시에서 "나는 나다" "나는 전우주 에너지의 총량이다"

---

6) 「天狗」(1920), 『郭沫若全集』(人民文學出版社, 1982) 1卷, 54면.
　"我是一條天狗 / 我把月來吞了 / 我把日來吞了 / 我把一切的星球來吞了 / 我把全宇宙來吞了 / 我便是我了 //我是月底光 / 我是一切星球的光 / 我是X光線底光 / 我是全宇宙底 Energy底總量"

7) Leo Ou-Fan Lee, *Romantic Generation of Modern Chinese Writers* (Harvard UP, 1973), 110면.

등의 서술형 진술은 일종의 선언적 성격을 지닌다고 보아야 타당할 것이다. 이 시는 내가 비로소 내가 되고, 내가 전우주의 힘을 구현한 존재가 된 현실에 대한 환희를 노래한 것이기 보다, 내가 곧 내가 될 수 없는 현실, 즉 근대적 자아관을 가로막고 있는 현실에 대한 반항을 담고 있으며, 무엇보다 '나는 나이어야만 한다'고 선언·요구하고 있다고 뒤집어 이해해야 한다.

문법 차원에서 볼 때, "나는 나다"는 문장은 사실에 대한 판단문이다. 그러나 일상어의 약속에서 '~이다'와 '~이어야 한다'는 분리되지 않는다. 예를 들어 '인간은 자유다'는 '인간은 자유이어야 한다'를 의미하며 인간이 자유롭지 못한 상태에 대한 평가가 된다. 이렇게 볼 때 "나는 나다" "나는 전우주 에너지의 총량이다"는 곽말약의 진술에는 그런 '나'의 존재에 대한 판단보다도 자아의 주체를 억압하고 자아의 역동적 힘을 억누르는 현실에 대한 부정적 평가와 규탄의 측면이 더 강하다고 보아야 한다. 이러한 해석의 근거는 당시 시인의 현실 세계 인식이 지극히 비관적이라는 점을 확인할 때 더욱 강화된다.

> 끝없는 우주는 쇠처럼 차가워라!
> 끝없는 우주는 칠흑처럼 어두워라!
> 끝없는 우주는 피처럼 비려라!
> (중략)
> 아아!

이 어둡고 더러운 세상에선

금강석으로 벼린 검도 녹이 슬리

우주여, 우주

내 마음껏 그대를 저주하노라

그대 피고름 투성이 도살장이여!

슬픔 가득한 감옥이여!

귀신들 떼지어 통곡하는 무덤이여!

악마들이 우글거리는 지옥이여![8]

위의 인용은 현실에 대한 시인의 비극적 인식이 극한에 이르렀음을 보여준다. 시인은, 우주적인 생명을 체현하고 있는 인간을 더없이 비소하게 취급하고, 생명을 억압하는 현실 세계를 고발하고 있다. 우주로 상징되는 현실 세계는 감옥·도살장·무덤·지옥이며, 차갑고, 어둡고, 비리다. 현실을 지배하는 것은 죽임의 힘과 반생명의 은유들이다. 도살장이자 무덤인 현실은 결코 자아의 온전한 삶의 터전이 될 수 없다. 현실은 이미 자아의 삶을 고양시켜 줄 아득한 보금자리가 아닐 뿐만 아니라, 생명을 죽이는 도살장·무덤 등의 죽음의 공간이다. 『여신』의 대표작이라 할 「봉황열반」을 관류하는 자아와 세계의 대립과 분열은 세계에 대한 시인의 이 같은 비극적 인식을 기초로

---

8) 「鳳凰涅槃」(1920), 『全集』 1卷, 36-37면.

　"茫茫的宇宙,冷酷如鐵! / 茫茫的宇宙,黑暗如漆! / 茫茫的宇宙,腥穢如血! / (중략) /

　啊啊! / 生在這樣個陰穢的世界當中 / 便是把金剛石的寶刀也會生 ! / 宇宙啊, 宇宙,

　/ 我要努力地把你詛呪 / 你膿血汚穢着的屠場 呀! / 你 悲哀充塞着的囚牢 呀! / 你

　群鬼叫號着的墳墓 呀! / 你群魔跳梁着的地獄 呀! / 你到底爲什麼存在?"

하여 성립한다.

시「봉황열반」을 풀이할 때, 시 해석의 관건은 봉황이 무엇을 상징하느냐는 점이다. 봉황의 상징에 대한 지금까지의 견해는 대체로 아래와 같이 요약될 수 있다.[9] 첫째, 『여신』의 시혼詩魂은 애국주의다. 둘째, 「봉황열반」은 『여신』의 대표작으로 철저한 반역 정신과 광명 추구가 충만한 애국주의 시다. 셋째, '봉황'은 중국을 상징하고, 봉황이 스스로 산화한 것은 구중국에 대한 철저한 부정을 뜻하며, 봉황의 부활은 5·4 이후 중국의 새로운 탄생을 의미한다.

이러한 견해에 이어 봉황이 중국을 상징하는 동시에 시인 자신을 상징한다는 지적이 뒤따르기도 하지만, 전반적 평가가 시인의 애국주의 쪽으로 기울면서 자연스레 중국의 상징으로 보는 견해가 압도하고 만다.[10]

봉황의 상징에 대한 이러한 평가는 일차적으로 시인 자신의 진술, 즉 "나의 시「봉황열반」은 중국의 재생을 상징한다"[11]는 언급에 기초하고 있다. 그러나 중요한 것은 시인 자신의 이러한 진술이 과연 시 전체의 의미 해명을 통해 진실을 획득하고 있느냐는 점이다. 시인

---

9) 黃侯興, 『郭沫若的文學道路』(天津人民, 1984), 50면 및 黃修己 著, 高大中國語文硏究會 역, 『中國現代文學發展史』(범우사, 1990), 104면 참고.

10) 黃侯興, 앞의 책, 51면.

11) 郭沫若 저, 한국선 옮김, 『학생시대』(일월서각, 1990), 67면. 다른 글에서 곽말약은 「봉황열반」은 중국의 재생을 상징하는 동시에 자신의 재생을 상징한다고 진술하고 있기도 하다. 郭沫若, 「我的作詩的經過」, 『郭沫若論創作』(上海文藝出版社, 1982), 205면 참고. 그러나 전반적으로 자신의 애국주의와 중국의 재생에 대한 갈망에 무게 중심이 두어지면서 주로 봉황을 중국의 상징으로 언급하고 있다.

자신의 의미 부여와 해설이 그 시를 이해하고 성격을 규정하는 핵심적 관건의 하나임은 분명하다. 그러나 시인의 의미 부여가 곧바로 시 해석의 진실을 보장하지는 않는다. 중요한 것은 그러한 시인의 진술이 과연 시의 내적 장치와 구조 속에 응결되어 있느냐의 여부이다. 시인 자신의 진술은 우리가 시를 읽을 때 안고 들어가는 수많은 전이해pre-understanding 가운데 하나에 불과하며, 이른바 '의도성의 오류intentional fallacy'에 대한 끊임없는 경계가 필요함은 너무도 지당하다.

이 점에 착안할 때, 봉황을 중국의 상징으로 보는 견해에는 다음과 같은 문제들이 잠복하고 있다.

첫째, 「봉황열반」 시 전체를 관류하는 기본 대립 구조는 둘이다. 부활 이전의 봉황 / 부활 이후의 봉황, 나 혹은 우리 / 우주로 상징되는 외부 세계의 대립이 그것이다. 그런데 봉황을 중국의 상징으로 볼 경우, 우주로 상징되는 외부 세계를 어떻게 규정할 것이냐는 문제가 발생한다. '봉'과 '황'이라는 개체와 이를 둘러싸고 있는 감옥과 도살장의 대립이 주요 축을 이루는 이 작품에서, 봉황을 중국의 상징으로 해석할 경우 감옥과 도살장인 우주는 중국 밖의 어떤 외부 세계 공간이어야 한다. 굳이 이 외부 세계를 억지로 당겨 해석하자면, 당시 중국을 옥죄고 있던 제국주의 세계 질서 같은 것이어야 한다. 그러나 시 전체를 통해, 우주라는 외부 세계를 이렇게 해석할 만한 시적 진술이나 상징은 보이지 않는다.

둘째, 곽말약은 이 시를 쓴 뒤 전한田漢에게 보여주었는데, 전한은 시를 읽고 나서 시 속의 봉황을 곽말약의 분신으로 보면서·이렇게 적고 있다.

> 말약 선생! 당신의 「봉황열반」이란 장시를 읽었습니다. 당신은 봉황처럼 현재의 몸뚱이를 불사르고, 애절한 만가를 부르며 불사르고, 차갑고 깨끗한 잿더미에서 당신을 재생시키고 싶다고 말하였지요? 훌륭합니다. 이는 결코 환상이 아닙니다.[12]

전한의 이 언급은 이 당시 곽말약, 전한, 종백화宗白華 세 사람이 서신을 통해 자신들의 고민과 시·문예관 등을 기탄없이 교환하였고, 특히 곽말약의 경우 이들과의 서신 속에서 이 당시 자신의 고민을 기탄없이 고백하는 등 어느 글에서보다 솔직한 내면 고백을 드러낸다는 점을 감안할 때, 봉황의 상징에 대한 해석에 있어 상당한 설득력을 지닌다.

셋째, 이 시 전반부가 지옥·감옥·도살장·무덤인 우주 속에 갇힌 '나'가 "동쪽으로 날고" "서쪽으로 날며" 몸부림하는 등, 나 / 우주의 대립이 시 전개의 중요 축을 이루고 있고, 또한 봉황이 부활할 때 먼저 우주에 '봄의 물결' '삶의 물결'이 밀려들고 그로 인해 봉황이 되살아난다는 점 등에 비추어, 우주는 봉황의 삶의 터전이고, 봉황은 그 속에서 삶을 영위하는 개체라는 점이 뚜렷하다. 이렇게 볼 때, 이 시에서, 봉황은 중국을 상징하기보다는 시인 자신을 상징하며,

---

12) 『全集』 15卷, 37면.

이 시는 개인과 세계의 분열과 대립관계를 축으로 설정, 풀이하는 것이 시의 진실에 더 부합된다고 본다.

「봉황열반」에서 보이는 자아와 세계의 대립과 분열은 낭만주의에서 흔하게 발견되는 특징 중 하나다. 자아와 세계, 개인과 사회의 분열과 대립은 낭만주의 이전에도 흔히 등장하였다. 문제는 이 분열과 대립·갈등의 원인을 어디서 찾느냐는 점이다. 갈등과 대립의 원인을 현실의 우발적인 모순이나 특정인의 악의 때문이 아니라 사회 자체의 탓으로 여기며 현실 그 자체에 대한 근원적인 회의감·적대감을 노골적으로 드러낸 것, 그리고 이러한 대립이 사회적인 구속에 대한 개인의 의식적인 반항이라는 모티프에서 생겨난 것은 아무래도 낭만주의 시대에서 찾아야 한다.[13]

개인과 세계의 분열과 대립은 무엇보다도 개인의 세계에 대한 비극적 인식, 세계에 대한 절망적 파탄 선언을 기반으로 한다. 세계에 대한 비극적 인식과 적대감 속에서 개인은 세계에 대립하게 되고, 자신의 온전한 삶을 방해하고, 개인의 자유로운 발전과 생명의 발양을 억압하는 현실 세계에 대한 극도의 혐오를 드러내는 것이다.

곽말약 역시 『여신』의 창작 시기에 현실에 대한 근원적인 회의감과 적대감에 빠져 있었다.

　　우주여, 우주
　　그대 왜 존재하는가?

---

13) A. 하우저, 『문학과 예술의 사회사(근세편 하)』(창작과비평사, 1981), 74면.

그대 어디서 왔는가?

그대 어디에 앉아 있는가?

(중략)

그대 도대체 생명의 교류런가?

그대 도대체 무생명의 기계런가?[14]

시인의 현실에 대한 불만이 현실에 대한 고발 야유에서 한걸음
더 나아가 현실 자체에 대한 근원적인 회의감으로 발전하고 있다.
시인은 우주의 존재 의의를 묻고 있다. 시인을 사로잡고 있는 것은
우주라는 현실 세계가 도대체 개체의 생명을 보존하고 고양시킬 생
명력을 지니고 있는지에 대한 근원적인 회의감이다.

곽말약의 비극적 세계인식과 세계에 대한 근원적인 적대감의 기원
은, 첫째, 당시의 전반적인 지적 조류, 특히 봉건사회 해체와 자본사
회 진입이라는 과도기에 쁘띠부르주아지 지식인이 놓였던 정치적·
계급적 위치에 기인한다. 이와 관련하여 구추백瞿秋白의 예리한 분석,
즉 당시 지식인들의 역사적 위상에 대한 토대적 차원의 분석에 주목
할 필요가 있다.

"그들은 궤도에서 밀려난 보헤미안이었다."[15] 그들은 전통 봉건
사회의 와해로 인해 그들의 문인 관료 선배들이 봉건 사회 시절에

---

14) 「鳳凰涅槃」, 『全集』 1卷, 36-37면.
　　"宇宙 呀, 宇宙 / 你爲怎麼存在? / 你在從 哪兒來? / 你坐在 哪兒在? / (중략) / 你到
　　底還是個有生命的交流? / 你到底還是個無生命的機械?"

15) 瞿秋白, 「『魯迅雜感選集』序言」, 『中國新文學大系(1927-1937)』 1集 (上海文藝, 1987),
　　714면.

누렸던 경제적·정치적 지위를 보장받을 수 없었고, 그렇다고 자본주의 정치·경제 체제 속으로 효과적으로 편입되어 안정적 지위를 차지한 것도 아니었다. 정치적으로는 예전처럼 과거제도를 통해 사회 권력 구조로 진입할 수 있는 길이 이미 사라졌고, 정신적으로는 자신이 속해 있다고 의심 없이 확신할 만한 문화 전통도 사라져 버렸으며, 경제적으로는 전통적 지주에서 현대 자유 직업인으로 변한 가운데, 참으로 비참하게도 이제는 자기의 지식을 팔아 생계를 유지해야 하였다.

전통 사회 및 그것과 한몸이던 전통 이데올로기가 붕괴된 속에서, 자본 시대의 궤도에서도 밀려난 가운데 그들은 보헤미안이었고, '자유표박자自由漂泊者'[16]였다. 중국의 당시 지식인들은 이런 가운데 극도의 정신적 고통과 강렬한 실락감失落感을 느꼈다. 외부 세계가 더 이상 자신의 정치적·경제적 문화적 버팀목이 되어주지 못할 뿐만 아니라 존재 기반을 끊임없이 위협하고 그 박탈을 위한 음모를 예비하고 있다고 여겨졌던 것이다.

그런데, 곽말약의 비극적 세계인식과 세계에 대한 근원적 적대감의 기원을 오직 당시의 전반적인 지적 조류와 지식인 계급의 역사적 위상 탓으로만 돌릴 수는 없다. 왜냐하면, 한 시대가 구제할 수 없을 정도로 절망과 폐허 그 자체라 하더라도 그 시대인들 모두가 절망과 폐허로 정직하게 인식하지는 않기 때문이다. 비극적 현실이 그대로

---

16) 吳曉明, 「自我·藝術·自然 ─ 西方浪漫主義與五四文學」, 『中國現代文學研究叢刊』, 1987年 2期, 5-6면.

자기화되는 경우는 현실의 비극·고통이 개인의 비극·고통(그것이 정치적·경제적 차원에서 작용하든, 정신적 차원에서 작용하든)과 맞물려들 때이다. 이 경우 현실의 비극은 그대로 개인의 비극이다.

이런 이유로, 곽말약의 개인사 검증을 통해 그의 비극적 세계인식과 세계에 대한 근원적 적대감의 기원을 추출할 필요성이 제기된다. 곽말약이 현실을 비극적으로 인식하게 된 개인사적 원인은 무엇보다 현실에 대한 발언력 상실과 역사적 역할의 소거消去에 있다.『여신』 창작 무렵, 곽말약은 인생의 곤경에 처해 있었다. 그는 애초에 "의학을 잘 배워 국가와 사회에 착실히 기여해 보겠다"는 바람으로 의학을 택하였다.17)

그러나 의학에 대한 흥미 감소와 문학에 대한 열정 등으로 의학보국의 애초의 뜻이 흐려졌다. 그렇다고 의학에서 문학으로의 전환이, 노신처럼 어느 한 순간의 충격적 계기('환등 사건')를 통해 이전부터 가져왔던 문학의 꿈을 일시에 전면화시켜 버릴 만큼 과단성 있지도 못하였고, 육체적 질병의 치료에서 정신 질병의 치료로 전환이라는 뚜렷한 목적의식을 지닌 것도 아니었다.

곽말약이 의학을 포기한 데는 어렸을 때부터 지녔던 문학에 대한 관심과 문학적 재능이 끊임없이 축적·외화된 것 외에, 암기를 주로 하는 학문 내용에 흥미가 없어지고, 귀가 좋지 않아 의사로서 장래를 보장받을 수 없다는 불안 역시 크게 작용하였다.18)

---

17) 郭沫若,『학생시절』, 11면.
18) 곽말약 자신은 의학에서 문학으로 전환 원인으로 셋을 들고 있다. 첫째 어려서부터

곽말약이 최초로 문과로 전향을 생각한 것은 1919년, 그러니까 규슈九州의대에 입학한 다음해였다. 이후, 문학과 의학 사이의 갈등은 간헐적으로 계속되고, 1923년 3월 규슈의대를 졸업, 4월에 상해로 귀국함으로써 갈등에 종지부가 찍힌다. 문학자로서 곽말약이 시작되기까지 4년간 단속적으로 계속된 갈등에서 의학에 미련을 버리지 못한 것은 주로 경제난 때문이었고,[19] 문학에 전적으로 자신을 던져넣지 못한 것은 당시 중국 사회에서 작가 지위의 불안정, 그리고 오직 문학에만 기탁해 삶을 유지해 나가고 사회적 역사적 역할을 수행하기에는 근대적 의미의 문학 제도가 아직 확립되지 않았다는 점 때문이었다.

1919년과 1921년에 그가 의학을 포기하는 걸 막았던 일본인 아내의 만류 이유도 결국은 경제적 동기와 생계를 포함하여 문학을 직업적 행위로 하는 데 대한 우려 때문이었고, 후에 1기 창조사 (1921-1924) 활동을 끝내고 일본으로 돌아간 것도 "문필에 기대 살아가거나 가족을 먹여 살리려 하는 것은 터무니없다"는 자각, "계속 의학을 배우는 것이 입고 먹기에는 문제가 없고 안전하다"는 생각 때문이었다.[20]

적어도 이 당시 곽말약은 의학에서도 문학에서도 자기의 의미와

받은 교육과 독서의 영향, 둘째 생리적 한계, 셋째 시대의 각성이다. 그 자신은 이중 셋째에 가장 비중을 두고 있다. 그는 시대의 각성을 통해 "문예가 봉건사상을 타파하고 제국주의에 항거하는 예리한 무기"로 여기게 되었다고 말하고 있다. 黃侯興, 앞의 책, 34면 참고. 그러나 1910년대 말과 20년대 초 그의 사상과 자전을 통해 살펴볼 때, 이 진술은 다분히 사후 관점에 의한 정당화라는 인상이 짙다고 본다.

19) 中屋敷宏, 「郭沫若論」, 『中國關係論說資料』 13卷 2分冊(上), 47면.
20) 郭沫若, 『학생시절』, 123면.

역사적 역할을 찾지 못하고 있었던 셈이다. 이런 가운데, 일본인 아내를 맞은 데 따른 주위의 비난과 자책감은 그를 더욱 궁지로 몰아넣는다. 아내로 인해 매국노로 몰려 수모를 당하던 당시 상황을 그는 이렇게 적는다.

　　1918년 5월에 일본의 중국 유학생들은 모두가 '중일군사협약'에 반대하여 동맹휴학에 나섰다. 그때의 소요로 인해 부산물이 생겼는데, 그것은 애국 열정이 극도로 끓어오른 일부 사람들에 의해 매국노 처단회가 조직된 것이다. 일본 여자를 아내로 삼은 사람은 모두 매국노로 몰아 즉시 이혼하라고 경고하였고, 이혼하지 않을 경우 무력 제재를 가했다. (중략) 불행하게도 나는 그때 안나와 동거한 지 이미 다섯 달째였다. 더욱 불행한 것은 내가 영웅이 될 자격을 타고 나지도 못한 것이며, 장군이 되려고 아내를 죽인 사람과 같은 용기도 없는 것이었다. 그러기에 매국노로 몰렸던 것은 두말할 나위 없다. (중략) 동맹 휴학은 근 두 주일이나 계속되었다. 그러나 반대하는 조약이 취소되지도 않았다. 그래서 모두가 귀국해야 한다는 결의가 나왔다. (중략) 불행히도 나 같은 매국노는 매달 32원의 국비를 타서 세 사람이 먹고 살아야 하였기에 평소에도 구차한 생활을 하지 않으면 안 되었다. 그러기에 당연 귀국할 비용이 있을 리도 만무했다. 돈이 없다 보니 나는 애국의 자격을 잃어 버렸으며, 매국노란 딱지를 달고 있자니 주물로 만든 진회와 같은 사람이 되어 버렸다.[21]

---

21) 郭沫若, 앞의 책, 33면.

스스로는 "아주 열정적인 애국지사로 느꼈으나 남들에게는 매국노(漢奸)로 인정받"은 것이다.[22] 자신은 "조국을 구할 선약仙藥을 얻으려는 마음 가득하고"[23] "남아로서 흔쾌히 붓을 던지고 / 귀국하여 싸움터의 진흙이 되리라"[24]는 애국적 각오로 충만하지만, 현재 자신의 처지는 기생충이나 다름없었고 귀양살이를 하는 듯이 여겨졌다.[25]

이 당시 굴원屈原에 스스로를 비유한 것은[26] 굴원에게서 현실에서 추방당한, 그리하여 역사적 역할과 현실에 대한 발언력을 상실한 데서 오는 동질감을 발견한 때문이다. 그는 현실에 대한 발언력 상실과 역사적 역할의 소거, 그리고 조국에 대한 사랑이라는 주관적 원망을 실현할 길이 차단당한 속에서 굴원처럼 추방당해 귀양살이를 하는 듯하고, "세상이 그렇게 넓지만 내가 있을 곳은 없다"는 듯한 실락감을 느꼈고, "국비를 타서 처자식이나 먹여 살리는 처지의 기생충"[27] 같은 굴욕감과 자책을 느꼈다.

결국, 현실에 대한 발언력 상실과 역사적 역할의 소거는 실락감과 굴욕, 자책감으로 이어졌고, 이런 속에서 현실에 대한 비극적 인식, 근원적 적대감이 확대 강화되었던 것이다.

---

22) 郭沫若, 앞의 책, 56면.
23) 郭沫若, 앞의 책, 55면.
24) 郭沫若, 앞의 책, 34면.
25) 郭沫若, 앞의 책, 73면.
26) 그는 자신을 괴테에 비유한 적은 없지만 굴원에 비유한 적은 있으며, 시 「상루湘累」 속의 굴원은 자신을 상징한다 말하였다. 郭沫若, 앞의 책, 72면.
27) 郭沫若, 앞의 책, 73면.

2) 죽음과 혁명의 기제

곽말약은 당시 현실 세계를 감옥·도살장·무덤·지옥으로 여길 만큼 절망적으로 파악하였고, 현실 세계에 대한 근원적인 적대감에 빠져 있었다. 현실의 일부만을 절망적으로 인식하는 것이 아니라 현실 그 자체를 통째로 문제 삼고 거부의 대상으로 여기며 근원적인 적대감에 빠질 때, 개인이 선택할 수 있는 삶의 행로는 그렇게 다양하지 않다. 현실의 일부 논리나, 특정 세력만을 적대적으로 설정할 경우 현실과의 적절한 협상이나 타협 속에서 그런대로 삶을 꾸려가는 길이 다양하게 열릴 수 있다.

그러나 현실 자체를 반생명의 공간으로 여기고, 현실의 의미 자체에 대한 근원적 절망감과 적대감에 사로잡혀 그것이 극단에 이를 때, 남는 선택의 폭은 넓지 않다. 그 선택의 가능성을 크게 둘로 갈래 짓자면, 하나는 적대적인 현실을 죽이는 길이고, 다른 하나는 자기 자신을 죽이는 길일 것이다. 이는 사실 서구 낭만주의자들이 즐겨 기대었던 방법이자, 낭만주의의 두 갈래, 즉 낭만주의의 진취적 측면과 병태적 측면의 갈림길이기도 하다.

현실에 대한 절망감과 적대의식 속에서 그 현실의 대척점에 낭만적 이상향을 세운 사람들은 이상주의적 열정에 들떠 현실 세계를 죽이고, 해체하기 위한 정치적 혁명 운동의 선구로 나섰다. 그러나 절망적 현실 속에서 생존이란 아무런 가치도 없을 뿐 아니라 온전한 삶이 애초에 불가능하며, 더욱이 이런 현실을 변혁할 어떠한 전망도 존재하지 않는다는 불가항력의 절망적 인식에 이른 사람들은 자기를 죽이는 길로 들어서곤 하였다. 이들은 자신을 부정하는 죽음을 통해 세계를 부정하려한 것이다.

이른바 낭만적 죽음의 찬미는 현실 생존의 무의미와 그것을 해결할 어떠한 초월적 세계나 이념도 없다는 절망적 인식의 최후 귀결점으로 등장한다.[28] 이때의 죽음이란, 바다나 어머니의 자궁 같은 태초의 편안함으로 다가오며, 자아와 세계, 주체와 객체, 자연과 인간이 유일하게 합일할 수 있는 공간이다.[29] 죽음의 관능과 강렬한 유혹, 찬미는 여기서 온다.

> 아아!
> 진정한 해탈을 얻는 데
> 죽음만한 것이 있으랴
> 죽음!
> 나 언제나 그대를 볼 수 있을런가
> 그대는 나의 연인
> 그대는 젊은 아가씨
> 내 마음 그대가 몹시 그립고
> 내 마음 그대가 두렵기도 하여라.
> 내 사랑하는 죽음이여!
> 나 언제나 그대를 볼 수 있을까?[30]

---

28) 김흥규, 「1920년대 초기 시의 낭만적 상상력과 그 역사적 성격」, 『문학과 역사적 인간』(창작과비평사, 1988), 236면.

29) 에른스트 피셔, 김성기 옮김, 『예술이란 무엇인가』(돌베개, 1984), 75면.

30) 「死」(1919), 『全集』 1卷, 128면.

내 칼이

창가에 기댄 내게 웃는다.

그녀가 내게 웃으며 말한다.

말약, 그대 고민할 것 없어요.

그대 어서 달려와 내 볼에 입을 맞추어요.

내 그대 무수한 번뇌를 없애 주리오.[31]

　죽음이 아가씨의 이미지와 겹쳐 있다. 죽음이 '나의 연인'이자, 해
탈의 길이다. 죽음에 달려가 볼에 입을 맞추면 번뇌가 사라진다. 시인
은 죽음에 대한 형언할 수 없는 그리움으로, "나 언제나 그대를 볼
수 있을까"라고 안타까워한다. 죽음이란 더할 수 없이 아름답고 황홀
한 공간이며, 따라서 죽음에 어떤 두려움도 없다. 죽음의 관능과 유혹
이 유감없이 발휘되어 있다. 이 같은 죽음의 찬미는 세계에 대한 비극
적 인식과 근원적 회의감 속에서 생존의 무의미함과 고통스러움이
반영된 것이다. 이와 아울러, 그의 죽음과 자살로의 경도는, 이미 결
혼을 하였음에도 불구하고 새로운 여자, 그것도 일본 여자와 동거를
시작한 자책감,[32] 매국노라는 비난, 문학과 의학 사이에서의 갈등,

　　"愛! / 要得眞正的解脫, 還是除非死! / 死!我要幾時才能見你? / 你譬比是我的情郞
　　/ 你譬比是個年輕的處子 / 我心兒很想見你 / 我心兒又有怕你 / 我心兒的死! / 我
　　到底要幾時才能見你?"

31) 「死的誘惑」(1916), 『全集』 1卷, 137면.

　　"我有一把小刀 / 倚在窓邊向我笑 / 她向我笑道 / 沫若,你別用心焦! / 你快來親
　　我的嘴兒 / 我好替你除却許多煩惱"

경제적 피폐, 현실에 대한 발언력 상실과 역사적 역할의 소거 등이 복합적으로 작용, '자살을 생각하는 등 가장 위험한 시절'[33]이었던 것과 관련된다.[34]

이들 시에서 죽음은 생의 종결이자, 고뇌의 현실에서 해탈의 길이다. 이 같은 죽음관이 확대될 경우 현실의 삶은 전적으로 무의미하며, 현실의 번뇌를 넘어서서 오직 죽음만이 절대 가치와 안식을 지닌다는 죽음에 대한 찬미와 관능적인 포착에 이르게 된다. 낭만주의의 병적인 측면은 이런 인식이 극단적 편향에 이를 때 드러난다.

그런데, 시집 『여신』에 나타나는 죽음의 모티프가 단순히 이 같은 의미만을 지니지는 않는다. 『여신』에 등장하는 죽음의 모티프는, 현실 고뇌에서 탈출하기 위한 수단이기도 하지만, 한편으로 진정한 삶의 시작, 또는 자아의 새로운 탄생을 위한 계기 혹은 철저한 자기 부정의 기제로 나타난다. 이 둘을 구별하자면, 전자는 죽음의 공간이란 삶을 넘어선 종말적 죽음으로, 비극적 현실로부터 일종의 도피라 할 수 있다. 이에 비해 후자는 생명의 종결이 아니라 자기 부정의 방법 내지는 자기 혁명의 기제이다. 이 경우 죽음이란 결코 생의 포기나 현실을 넘어선 영역에서 이루어지는 참 가치라는 의미가 아니며,

---

32) 『全集』 15卷, 38-44면.

33) 「太戈兒來華的我見」, 『文藝論集彙校本』(湖南人民, 1984), 185면.

34) 곽말약의 이러한 죽음관은, 그가 이 당시 강하게 영향받았던 미국 시인 휘트먼 Whitman의 그것과 상당히 유사하다. 휘트먼 시에 나타난 즉음의 의미에 대해서는 유종호, 「휘트먼에 있어서의 죽음」, 백낙청 편, 『리얼리즘과 모더니즘』(창작과비평 사, 1983), 90-122면 참고.

어디까지나 생의 영역 안에 위치한다.

곽말약이 "지금 봉황처럼 현재의 몸뚱이를 불사르고, 애절한 만가를 부르며 불사르고 차고 깨끗한 잿더미 속에서 재생하고 싶다"[35]고 고백할 때, 이는 강렬한 자기 부정의 의사 표현이지 죽음의 유혹에 대한 진술은 아니다. 죽음은 철저한 자기 부정의 기제에 불과하다. 이러한 죽음의 전형적인 예가 「봉황열반」에서 봉황의 죽음과 부활의 기제이다. 지치고 찢긴 상태에서 우주와 세계의 추악과 반생명의 현실을 저주하며 산화했던 봉황은, 새벽 밀물과 함께 부활한다. 새로운 삶을 얻은 봉황은 생명감이 넘친다. "우리는 신선하고 / 우리는 깨끗하고 / 우리는 아름답고 / 우리는 향기롭다."[36] 시인에게 죽음은 새로운 탄생을 위한 계기이자 철저한 자기 부정의 기제일 뿐이다. 죽음의 의미가 이러할 때, 이는 혁명의 다른 이름이라 불러도 좋을 것이다. 왜냐하면 그에게 죽음이란, 비극적 현실로 인해 야기된 개인의 비극적 처지를 총체적이고 절대적으로 부정하기 위한 기제이고, 죽음을 통해 자아의 새로운 탄생을 염두에 두고 있기 때문이다.

곽말약이 개인 차원에서만 죽음과 같은 혁명적 갱신을 염원하는 것은 아니다. 그가 죽음과 같은 극단적 자기 부정을 통해 옛 자아를 부정하고 새로운 탄생에 성공한다 해도, 그것이 곧바로 자아와 세계와의 화해로운 관계 속에서 이루어지는 기쁨의 삶을 보장하는 것은 아니다. 현실 세계가 이미 생명을 억압하는 반생명의 적대적 공간이

---

35) 『全集』 15卷, 37면.
36) 「鳳凰涅槃」, 『全集』 1卷, 44면.

된 이상 그 현실 세계 또한 변혁되지 않고서 자아의 새로운 탄생만으로 자아와 세계의 적대 관계를 청산하고 화해할 수는 없다. 곽말약이 자아의 부정과 갱신과 더불어 현실 세계 자체의 자기 부정과 재탄생을 갈구하는 것은 이 같은 맥락에서다.

해부하라, 해부하라, 어서 어서 해부하라!
어서 썩어빠진 살갗을 도려내라!
어서 쓸모없는 육신을 떼어내라!
어서 더러운 피를 몰아내라!
어서 죽은 심장을 파괴하라!
어서 마비된 신경을 잘라내라!
어서 썩은 머리를 깨뜨려라!
도려내라! 떼내라! 몰아내라! 잘라내라! 깨뜨려라!
어서! 어서! 어서!
어서 신생명의 환영가를 불러라!
나라를 고치고 사람을 고치는 신약품이 탄생하리라!37)

적어도 근대 이후, 개인에게 현실 세계의 가장 중요한 공간은 국가이다. 그런데 이 국가는 치료의 대상이다. 시인은 부사와 동사가 반복

---

37) 「在解剖室」, 『學燈』(1920. 1. 22).
　　"解剖 呀!解剖 呀!快快解剖 呀! / 快把那陳腐了的皮毛分開! / 快把那沒中用的筋骨離解!快把那汚穢了的血液驅除! / 快把那死了的心肝打壞! / 快把那沒感覺的神經宰離!快把那腐敗了的腦筋粉碎! / 分開!離解!驅除!打壞!宰離!粉碎! / 快! / 快!快! / 快唱新生命的歡迎歌!醫國醫人的新黃岐快要誕生了!"

되며 긴박하게 부딪치는 가운데 다급한 호흡과 초조함으로 나라로 상징되는 현실 세계에 환부를 잘라내고 떼내라고 요구한다. 이는 단순한 수술이 아니라 사실상 재탄생이다. 그의 조국이란, "심장은 죽었고, 머리는 썩었으며 신경은 마비"된 시신이기 때문이다. 시인은 이런 비극적 현실 인식 속에서 "도려내고 / 몰아내고 / 떼내고 / 잘라내고 / 깨뜨려야만" 새로운 탄생이 기약되며 새 생명을 얻을 수 있다고 절규한다.

이렇게 볼 때 곽말약에게 죽음이란 지극히 생산적인 공간이다. 낡은 것을 버리고 새롭게 갱생하는 공간이 그것이다. 그의 혁명과 파괴에 대한 찬미도 죽음에 대한 생산적 의미 부여와 상통한다. 그에게 혁명이란, 우주 삼라만상의 본질적 속성이며, 삼라만상의 운행은 모두 혁명에 의지한다.

> 우주의 대혁명이여!
> 신진대사는 모두 혁명의 과정
> 계절의 오고감은 혁명의 표현
> 비바람 번개는 혁명의 선봉
> 아침놀 석양은 혁명의 깃발
> 바닷물은 영원히 혁명의 축가를 부르고
> 화산은 영원히 혁명의 횃불을 들다.
> 혁명이여! 혁명이여! 혁명이여!
> 아득한 날부터 지금까지
> 혁명이여! 혁명이여! 혁명이여![38]

혁명을 우주 질서의 본질적 속성으로 보는 이 같은 견해는 '혁명의 비도匪徒들'에 대한 찬양으로 나아간다. 그리하여 그는 '모든 정치 혁명, 사회 혁명, 종교 혁명, 문예 혁명, 교육 혁명의 비도'들을 찬양한다.[39)]

혁명이란 일차적으로 파괴이고, 곽말약에게 죽음이 아무리 생산적인 의미를 지닌다 할지라도 죽음 역시 일차적으로는 기존 것의 파괴이다. 그런데 곽말약에게 파괴란 창조의 어머니이다. 그에게 파괴와 창조의 관계는 대립·통일의 관계다. "광명의 전에는 혼돈이 있고, 창조의 전에는 파괴가 있다. 새 술은 헌 부대에 담을 수 없다. 봉황이 재생하려면 먼저 사체를 화장하여야 한다."[40)] 혁명이 원래 그러하듯 파괴는 창조의 전제이며, 철저한 파괴가 있어야만 새로운 창조가 있을 수 있다는 것이 그의 신념이었다. 이는 뒤집어 이해하면, 당시 현실 세계와 그 세계 속의 자아의 삶이 근본적인 부정을 이루어야 할 만큼 절대적으로 일그러져 있다는 그의 비극적 세계 인식을 반영하는 것이고, 현실에 대한 근원적인 적대감의 다른 표현이라 할 것이다.

---

38) "宇宙中的何等的一大革命 喲! / 新進代謝都是革命底過程! / 署往寒來都是革命底表現 / 風霆雷雨都是革命底先鋒 / 朝霞晚紅都是革命底旗纛 / 海水永遠奏着革命底歡歌 / 火山永遠擧着革命底烽火. / 革命 喲! / 革命 喲! / 革命 喲! / 從無極以到如今 / 革命 喲! / 革命 喲! / 革命 喲! / 日夕不息的永恒革命底潮流 喲!"
　　「宇宙革命的狂歌」, 이 시는 1920년 8월 23일, 朱謙之의 『革命哲學』이란 책의 서시로 쓴 것으로, 『沫若文集』에는 들어있지 않다. 黃侯興, 앞의 책, 93면에서 인용.
39) 「匪徒頌」, 『全集』 1卷, 113-115면.
40) 「我們的文學新運動」, 『全集』 16卷, 5면.

3) 반反현실의 이상 세계

서구 문학의 경험을 토대로 관찰할 때, 낭만주의는 일반적으로 현실의 불모성과 속악함을 거부하면서 이에 대립하는 반세계의 상을 설정하고 그 안에서의 화해로운 삶을 노래한다고 말하여진다. 물론 반세계의 상은 일정하지 않아서 당대의 상황이나 정신적 유산에 따라 다르게 나타난다. 그리하여 인간적 허위가 개입하지 않은 화해로운 세계로서의 자연과 무구한 삶이 노래되거나, 타락하지 않은 과거의 이상적 세계가 추구되고, 경우에 따라서는 어디에도 존재하지 않는 유토피아가 그려지기도 한다.[41] 낭만주의자들을 흔히 이상주의자들이라 부르는 소이는 이런 문맥에서다.

시집 『여신』에는 곽말약의 비극적 세계인식과 현실에 대한 적대감 못지않게 그의 이상주의적 열망이 강하게 드러나 있다. 그의 이상주의적 열망과 관련하여, 그가 이 당시 꿈꾸었던 것은 구중국의 근본 부정을 통한 아름다운 신중국의 탄생이었고, "신중국의 탄생을 미리 찬양하였다"[42]고 흔히 지적된다. 곽말약의 이상주의에 대한 이러한 평가는 '자연의 경과를 앞지르는 꿈'의 진보성과 그 역사적 활력에 대한 레닌Lenin의 높은 평가[43]를 떠올리게 한다. 다시 말해, 위의 견해에는 곽말약이 "자연과학에서의 과학적 예견과 마찬가지로 사회적 현실의 미래상을 선취하는 꿈"을 가지고 있었고, 곽말약의 이른바

---

41) 김흥규, 앞의 책, 233면.

42) 陳毅, 「贈郭沫若同志」, 卜慶華, 『郭沫若評傳』(湖南人民, 1980), 19면에서 따옴.

43) 伊東勉, 『리얼리즘이란 무엇인가』(세계, 1987), 134면.

‘적극적 낭만주의’는 여기서 성립한다는 논리가 암묵적으로 전제되어 있다.

그러나 곽말약의 이상주의를 이처럼 긍정적으로 평가하기 위해서는 이 당시 그가 꿈꾸었던 이상 세계가 구체적으로 어떤 세계였느냐는, 이상 세계의 실질에 대한 면밀한 분석이 전제되어야 한다. 왜냐하면, 그가 아름다운 신중국의 탄생을 염원한 것은 분명하지만,[44] 그 신중국의 실질이 무엇이었느냐 하는 점이 중요한 문제이기 때문이다.

당시 중국의 모습을 역겨워하며 근원적 거부의 대상으로 삼고 있다 해도, 그가 염원하는 신중국의 실질이 미래지향적인 것이냐, 아니면 과거지향적인 것이냐가 문제인 것이다. 일부 서구 낭만주의자들의 경우, 근대 산업사회의 혼돈을 역겨워한 나머지 중세 사회로의 복고를 이상으로 설정하는 퇴행적 측면이 분명 존재하였다는 역사적 참고를 감안한다면, 곽말약이 아름다운 신중국을 염원하였다는 그 이유 하나만으로 그의 이상주의를 진보적으로 파악하거나 ‘사회적 현실의 미래상을 선취하는 꿈’으로 정당화할 수는 없다.

그렇다면, 곽말약이 당시 현실에 대한 비극적 인식과 근원적 적대감 속에서 죽음 또는 혁명과 같은 절대 부정을 통해 도달하고자 하였던 이상 세계의 실질은 무엇인가?

우리 다시 살아났다.
모두가 하나로, 다시 살아났다.

---

44) 郭沫若, 『학생시절』, 73면.

하나가 전체로, 다시 살아났다.

우리가 바로 그이고, 그들이 바로 우리다.

내 속에 네가 있고, 네 속에 내가 있다.

나는 너

너는 나

불은 봉황

봉황은 불[45]

봉황이 부활하고 난 뒤에 부르는 노래다. 노래의 세계는 '하나'와 '전체'의 세계다. '나'가 '너'인 동시에 '그'이며, 그들이 곧 우리이고 전체이자 동시에 하나다. 나, 너, 그, 우리가 한 덩어리이다. 이 한 덩어리의 세계는 "화해로움은 너, 화해로움은 나"[46]에서 보듯 화해와 사랑이 넘친다. 이 세계는 주체와 객체, 자아와 세계의 대립이 해소되고 하나로 융합되는 무차별의 공간, 다름 아닌 총체성의 공간이다.

그가 그리는 융합과 화해의 공간은 그가 이 시기에 지녔던 범신론의 물아합일 사상의 영향이 크다. 그의 해석에 기대자면, 범신론이란 "범신은 곧 무신이며, 모든 자연은 다 신의 표현이다. 내가 곧 신이고, 모든 자연은 다 나의 표현이다"는 사상을 骨대로 한다.[47] 나를 비롯

---

45) 「鳳凰涅槃」(1920), 『全集』 1卷, 42-43면.

"我們更生了 / 我們更生了 / 一切的一，更生了 / 一的一切，更生了 / 我們便是他，他們便是我 / 我中也有你，你中也有我 / 我便是你 / 你便是我 / 火便是鳳凰 / 鳳凰便是火"

46) 「鳳凰涅槃」, 『全集』 1卷, 44면. "和解便是你, 和解便是我"

한 모든 자연물이 다 신의 표현물이기에 나와 자연물, 나와 타자, 나와 객체는 모두 등가等價이며, 그들 사이에 경계란 있을 수 없다.

밤! 암흑의 밤!

그대는 비로소 데모크라시

그대는 온 인류를 포옹하며

더 이상 어떤 빈부와 귀천도 나누지 않는다.

더 이상 어떤 미와 추도, 현명함과 어리석음도 나누지 않는다.

그대는 빈부, 귀천, 미와 추, 현명함과 어리석음

이 모든 것들의 용광로

그대는 해방, 자유, 평등, 안식, 모든 잉태의 기술자

암흑의 밤이여! 밤!

진정 그대를 사랑하나니

다시 그대를 떠나지 않으리오

원망스러운 것은 밖에서 오는 밝은 빛

이 무차별의 세계에서 그는

기어이 차별을 낳으려 한다[48]

---

47) 「『少年維特之煩惱』序引」, 『創造』 季刊, 1卷 1期.

48) 「夜」(1919) 『全集』 1卷, 128면.

"夜! 黑暗的夜! / 要你才是"德謨克拉西!" / 你把這全人類來擁抱 / 再也不分甚麼貧富, 貴賤 / 再也不分甚麼美惡,賢愚 / 你是貧富, 貴賤, 賢愚一切亂根苦蒂的大溶爐 / 你是解放, 自由, 平等, 安息, 一切和胎樂的大工師 / 黑暗的夜! 夜! / 我眞正愛你 / 我再也不想離開你 / 我很的是那些外來的光明 / 他在這無差別的世界中 / 硬要生出一些差別起"

추녀 끝 빗물 ……

그것은 진정 내 온몸의 피 아닌가?

내 온몸의 피가 방울 방울 맺혀 내는 음률의 그윽한 소리

바다는 파도와 어울리고, 소나무, 파도와 어울리고 눈보라와 어울

린다.[49]

두 시의 주된 시어는 '포옹擁抱' '나누지 않음(不分)' '용광로(溶爐)'
'무차별無差別' '어울림(相和)' 등이다. 이들 시어는 모두 대상을 전제
로 하는 낱말들이다. 이 시어들은 주체와 객체, 사물과 사물이 하나로
융합되고 함께 녹아 엉겨 있는 화해의 공간을 연출하는 데 사용되고
있다. 이들 시어의 도움을 얻어, 곽말약에게 밤의 공간이란 민주주의
적인 무차별의 세계로 다가오며, 눈으로 덮인 세계란 나와 자연, 자연
물과 자연물이 하나로 어울린 세계로 그 의미가 부여된다. 곽말약은
자아와 세계가 분열 대립하는 비극적 현실 속에서, 이 현실과 대비되
는 절대적 이상향, 반세계의 이상 세계의 상으로서 주체와 객체, 자아
와 세계가 하나로 융합·화해할 수 있는 세계를 꿈꾸었던 것이다.

그런데 곽말약의 이상 세계가 주체와 객체가 합일할 수 있는 세계
를 지향하기는 하지만, 그 실질에 있어서는 여전히 추상적이고 모호
하다고 할 수 있다. 주체와 객체의 합일이나 자아와 세계의 합일이
관념 속에서가 아니라 현실 속에서 의미를 획득하기 위해서는 그

---

49) 「雪朝」(1919), 『全集』 1卷, 85면.

　　"樓頭的檐霤…… / 那可不是我全身的血液? / 我全身的血液點摘出律呂的幽音 /
　　同那海渡相和, 松濤相和, 雪濤相和"

이상주의적 전망을 지탱하여줄 역사적, 혹은 정치경제학적 퍼스펙티브perspective가 필요하다.

그런데 곽말약의 이상주의적 전망에는 이것이 결핍되어 있다. 이 당시 그에게는 자아와 세계가 화해롭게 결합하였던 원형으로서의 루카치 식의 희랍 시대를 상정한다든가, 「공산당선언」 시절 마르크스가 품었던 공산주의 이상사회의 총체성을 염원한다든가, 중국인들의 마음의 고향인 중국 고대 이상사회의 조화와 통일을 희구한다든지 하는 역사적 퍼스펙티브가 결여되어 있는 것이다.

곽말약이 공자孔子의 대동사회와 공산주의 유토피아를 동일시하고,[50] 이를 근거로 현실을 연역, 현실의 모순을 분석하고, 그의 이상주의적 전망에 정치경제학적 프로그램을 가미시킨 것은 엄밀하게 보자면 1924년 이후부터이다.[51]

곽말약의 이상 세계의 꿈에 역사적·정치경제학적 퍼스펙티브가 결여될 수밖에 없었던 원인은, 무엇보다도 그가 현실을 비극적으로 인식하고 근원적인 적대감을 지니긴 하였지만 현실이 왜 그토록 비

---

50) 이에 대해서는 郭沫若,「馬克思進女廟」(1925) 참고. 번역문은 송영배,『중국사회사상사』(한길사, 1986), 391-401면에 실려 있다.

51) 1921년 이후에 쓴 글들과 시에서 자본주의에 대한 반항이 일부 드러나지만 이는 지극히 단편적이고, 산발적이어서 그의 체계적 인식을 보여주고 있지 못하다. 따라서 엄밀하게 보자면 1924년에 마르크시즘을 자신과 세계의 구제 원리로 승인한 이후부터라고 보아야 타당할 것이다. 물론 1924-1927년 시기 역시 그의 이상 세계에 대한 전망이 다분히 유토피아적이라 할 수 있다. 그러나 마르크시즘 승인으로 인해, 그의 이상주의적 전망을 정치경제학적 틀 위에 올려놓고 있다는 점에서 그 이전 시기에 비해서는 상대적으로 역사적 퍼스펙티브를 획득하고 있다고 볼 수 있다.

극적으로 되었는지, 그 원인에 대한 구체적 분석을 결여하고 있었다는 데 있다. 앞에서 고찰하였듯이, 곽말약은 당시 현실을 감옥, 도살장, 무덤, 지옥 등 반생명의 공간으로 단정하고 격렬하게 거부하고 있지만, 현실이 그토록 비극적으로 된 원인에 대해서는 『여신』의 전편을 통해 명징한 언급이나 상징을 보여주지 않고 있다.

그의 현실에 대한 근원적인 적대감을 감안한다면 이는 퍽 의외다. 적어도 1921년 이른바 『여신』의 시기까지는 그렇다. 『여신』에서 굳이 이를 찾자면, 「여신의 재생」이란 시에서 공공共工과 전욱顓頊의 다툼을 통해 권력욕에만 사로잡힌 군벌을 비판하는 것으로 나타나 있다.[52)]

현실 비극의 원인에 대한 분석은, 개체의 삶을 억압하는 주체와 그 구조를 드러내는 일이자, 현실 변혁의 전략, 무너뜨릴 대상과 연대할 대상의 설정, 반현실의 이상 세계의 실질 등과 연결되는 문제이다. 그러나 곽말약은 이 당시 이에 대한 인식과 분석을 결핍함으로 인해 그의 이상 세계의 상이 암흑의 '밤'과 같은 민주주의 세계라는 추상적이고 모호한 성격을 지녔던 것이다.

곽말약의 반현실의 이상 세계의 꿈, 즉 자아와 세계가 분열 대립한 현실을 넘어 나와 너, 주체와 객체, 자아와 세계가 화해롭게 하나가 되는 꿈은, 사실 지극히 낭만주의적이다. "낭만주의를 시종 떨쳐버리지 못하고 동경해마지 않았던 것은 인간과 자연의 통일, 지금은 상실된 통일이었고"[53)] 잃어버린 조화와 통일, 그리고 삶의 총체성에 대한

---

52) 「女神的再生」(1921), 『全集』 1卷, 6-15면.

목마름은 낭만주의의 핵심중의 하나였다는 면에서 볼 때 그렇다.

그러나 서구 낭만주의자들에게는 잃어버린 조화에 대한 이 같은 목마름을 덜어주는 원천으로 중세나 원시인, 그리고 프랑스혁명이라는 세 가지가 있었지만,[54] 『여신』 시기 곽말약에게는 조화와 통일, 총체성에 대한 타는 목마름만 있었지, 그 기갈을 적셔줄 원천을 구체적으로 확정하지 못한 상태에 놓여 있었다고 해야 옳을 것이다.

3. 중국 낭만주의의 성격

지금까지 중국 현대문학사에서 낭만주의 시집의 대표라 평가되는 곽말약의 『여신』을 중심으로 그의 낭만적 상상력의 구조를 고찰하였다. 곽말약은 당시 현실에 대한 비극적 인식과 근원적 회의감, 적대감을 지녔고, 이는 자아와 세계의 분열을 낳는 한 원인이었다. 곽말약의 이상주의는 현실에 대한 이 같은 인식을 기반으로 성립하였고, 그는 주체와 객체, 자아와 세계가 합일할 수 있는 조화와 통일의 공간, 즉 총체성의 공간을 꿈꾸었다.

곽말약의 이상주의적 열정은 그의 낭만주의를 역동적이고 진취적이게 하는 동인이었으나, 그 당시 이상 세계에 대한 그의 전망은 다분히 모호하고 추상적이었다. 그의 시에 나타난 죽음관과 혁명관 역시 그의 낭만적 상상력을 지탱하는 기반이었으며, 그가 죽음을 진정한

---

53) E. J. 홉스봄, 박현채·차명수 역, 『혁명의 시대』(한길사, 1984), 385면.
54) 위와 같음. 386면.

삶의 시작 혹은 자아의 새로운 탄생을 위한 기제로 상정한 것은 이른 바 낭만적 죽음의 찬미와는 구별되는 특징이었다.

곽말약의 현실에 대한 근원적 부정과 이상 세계를 향한 열정은, 그가 1920년대 중반 이후 적극적으로 혁명운동에 뛰어드는 밑바탕이 었다고 할 수 있다.

여기서는 기본적으로 낭만주의를 창작방법보다 사조의 측면에서 접근하였고, 서구의 낭만주의적 상상력과 곽말약의 그것의 같고 다름에 유의하며 진행하였다. 그러나 이 고찰로 1920년대 중국 낭만주의 시의 특질을 총체적으로 구명하고, 그 역사적 성격을 충분히 해부하는 데 까지는 이르지 못하였다. 이는 일차적으로는 연구 대상의 한정에 기인한다.

1920년대 중국 낭만주의 문학의 총체적 규명을 통해, 그 역사적 성격을 해명하고, 서구의 그것과 같고 다름을 추적하는 속에서 중국 낭만주의의 보편과 특수를 해명하는 것이 이후의 과제이다. 중국 낭만주의의 성격을 구명하는 작업은 중국 낭만주의가 가장 근대적 문학운동인 동시에 반근대적 문학운동이었다는 점에서 보자면 중국 낭만주의의 내포와 그 역사적 성격에 대한 구명은 중국 신문학의 근대성과 반근대성을 해명하는 데 하나의 중요한 관건적 의미를 지닌다고 하겠다.

3

사유방법과 상상력으로서
곽말약의 범신론

1. 세기적 전환기의 곽말약 재평가와 범신론 문제

　다시, 곽말약을 어떻게 평가할 것인가? 20세기와 21세기의 세기적 전환기에 중국에서 곽말약 재평가, 곽말약 다시 보기가 학술계의 쟁점으로 부상한 바 있다. 중국에서 곽말약은 노신魯迅과 더불어 중국 현대 문학을 대표하는 작가이지만, 다른 한편으로는 대표적인 문인 관료이자 정치가이고, 나아가 중공당과 정부를 대변하는 중공당의 계관시인, 중공당의 '당 나팔수'이기도 하였다.

　때문에 중국 학술계에서 '곽말약 재평가'가 대두될 때, 이는 필연적으로 '작가' 곽말약 차원을 넘어설 수밖에 없었다. 당시 대부분의 토론이 곽말약의 인격 문제에 집중되었다는 평가[1]가 나온 것도 이 때문이다. 사실, 지금까지 곽말약에 대한 부정적 평가는 그가 '당의 나팔수' 역할을 한 점을 주목하고, 정치적 상황 변화에 상관없이 중공당과 정부를 추종하면서 대변하였던 점이, 중공당 및 '신중국' 정부와 한 몸이었던 곽말약의 이력이 집중적인 비판의 대상이었다.

　물론 곽말약을 재평가한다고 할 때, 그의 작가적 성취와 더불어 곽말약의 인격 역시 재검토가 되는 것은 당연하고, 충분히 의미 있는 일이다. 하지만 이것이 전부일 수는 없다. 왜 그런가하면 적어도 세 가지 점에서 문제가 있기 때문이다.

　첫째, 인격의 문제에 치중할 경우 자칫하면 곽말약이라는 인물이

---

1) 劉悅坦, 「'球型天才'與原邏輯思維方式 － 再釋郭沫若及其汎神論」, 『山東社會科學』 2002年 3期, 119면 참조.

현대 중국에서 지닌 문제성을 지나치게 개인적 인격의 결함 차원으로 환원해버리는 오류에 빠질 위험이 있다.

둘째, 곽말약과 1949년 이전 중국 문학에서 차지하는 의미와 1949년 이후 중국 정치와 중국 문학에서 차지하는 의미를 구별하지 않은 채, 1949년 이후 곽말약으로 곽말약 전체의 삶과 문학을 재단하는 오류에 빠질 수 있기 때문이다.

셋째, 한 작가의 문학에 대한 평가가 지나치게 도덕적 기준에 좌우될 수 있기 때문이다. 곽말약의 문학, 특히 1949년 이전 곽말약의 문학이 현대문학에서 자치하는 지위와 의미는 그의 인격에서 나온 것이 아니라 그의 문학에서 나왔다는 점에서 보면, 곽말약이라는 인물에 대한 인격적 판단, 특히 1949년 이후의 행적에 대한 인격적 판단을 기준으로 삼아 그의 문학이 중국 현대문학사에서 지니는 의미를 포폄하는 것은 문제가 있다.

결국, 이렇게 보자면 곽말약과 그의 문학을 재평가한다고 할 때, 다음과 같은 점들이 고려된 곽말약에 대한 복합적인 접근이 덧붙여져야 할 것이다.

첫째는 곽말약의 개인적 행로, 낭만주의와 개인주의에서 출발하여 집단주의와 사회주의 관료문학자, 국가주의자, 중공당에 대한 절대적인 신앙 등을 보여주는 그의 문학적·정치적 행로를 좀더 중국 현대사와 중국 현대성의 경험이라는 거시적 맥락 속에서 조명하는 일이 필요하다. 이는 곽말약의 행로가 지닌 역사적 상징성을 해명하는 작업이자 곽말약을 통해 중국 현대성의 경험, 중국 현대사의 한 예각을 구명하는 작업이 될 것이고, 중국 현대사와 중국 현대성의 경험에 대한 재평가 작업의 일환이라는 거시적 지평으로 확대될 수 있을 것이다.

둘째, 한 사람의 개인으로서 곽말약에 초점을 둔다고 하더라도 인격적 결함을 추출하는 차원, 인격을 품평하는 차원을 넘어서 좀더 깊은 차원에서 곽말약의 사유구조를 해명하는 일이 필요하다. 설령 인격 차원이라고 하더라도 인격의 밑바탕에 놓여 있는 그의 인식구조, 사유구조를 해명하는 것이 필요하다는 것이다. 이는 좀더 곽말약이라는 인물에 깊이 밀착하여 인격의 맥락보다는 곽말약이라는 인물 자체의 의식세계를 깊이 해부하는 일일 것이다.

셋째, 1949년 이후 곽말약과 그의 문학으로 1949년 이전의 곽말약과 그의 문학을 환원하여 해석하는 일도 의미 있을 수 있지만, 이보다는 1949년 이전 곽말약과 그의 문학으로 1949년 이후의 곽말약과 그의 문학을 들여다보는 작업이 우선 이루어져야 한다. 1949년 이후 곽말약의 정치적·문학적 경향이 정초된 것은 1949년 이전이고, 특히 곽말약이라는 작가의 탄생 시기이자 그의 문학의 전성기였던 1920년대 곽말약과 그의 문학은 일종의 '원형'에 해당한다고도 볼 수 있기 때문이다.

사정이 이렇다고 할 때, 곽말약과 그의 문학의 원형으로서 1920년대 곽말약과 그의 문학을 어떻게 이해할 것인가의 문제는 곽말약 연구의 핵심적 과제가 아닐 수 없다. 이를 위해서는 곽말약의 범신론 사상의 문제, 낭만주의의 성격 문제와 마르크스주의에 대한 이해 문제, 표현주의 문학관 등이 핵심적으로 다루어져야 할 터인데, 이중 가장 중요한 것은 역시 1920년대 그의 사상과 문학을 관통하였던 범신론 문제라고 할 것이다.

곽말약의 범신론 문제는 곽말약 초기(1924년 이전) 사상 연구에서 가장 뜨거운 연구 쟁점이다.[2] 특히 중국 대륙의 경우에는 개혁개방 이후 곽말약 연구에서 가장 활발하고 가장 많은 연구적 성과가 나온 연구 주제이다. 곽말약의 첫 시집이자 대표 시집인『여신女神』(1921) 에 담긴 범신론 사상에 대해서 1949년 이후 중국에서는 "체계적이고 깊이 있는 연구도 없었을" 뿐만 아니라 "이 문제를 중요하게 취급하 지 않았으며, 이에 대한 연구가 나와도 관심을 끌지 못하였고 아무런 반응이 없었다."[3] 그 원인을 추론하자면, 주로 문학적인 차원보다는 정치적인 차원에서 찾아야 할 것이다.

범신론을 관념론의 일종으로 규정하여 부정적으로 평가하는가 하 면, 5·4 시기 곽말약을 혁명적 낭만주의자로 보는 견해가 천하일통의 국면을 이루는 상황에서 현대 중국을 대표하는 마르크스주의자로 평가되는 곽말약을 관념론의 일종인 범신론과 연결짓는 것이 곽말약 의 문학적·정치적 권위를 훼손하는 일로 여겨질 수밖에 없었으리라 는 점은 쉽게 유추할 수 있다.

곽말약은 기본적으로 유물론자였다고 보는 시각이 주류를 이룬

---

2) 宮富·劉鶚, 「天人合一 : 郭沫若早期思想的核心」, 『西南交通大學學報(社會科學版)』 2004年 3月 第5卷 第2期, 118면.

3) 黃侯興, 『郭沫若研究管窺』(天津敎育出版社, 1987) 95면.

연구적 상황[4] 때문에 범신론이 곽말약에게 미친 영향을 인정하기가 쉽지 않았을 것이다.

이러한 연구 상황이 전환점을 맞은 것은 문화대혁명이 종결(1976)되고 개혁개방 시대가 열리면서부터다. 특히 1970년대 말과 1980년대 중반까지 범신론 문제는 곽말약 연구에서 가장 중요한 학술적 쟁점 가운데 하나였다. 쟁점은 주로 다음과 같은 네 가지 문제를 중심으로 형성되었다.

첫째, 범신론이 곽말약의 전기 사상과 문학에서 차지하는 비중과 의미를 얼마만큼 어떻게 평가할 것인가의 문제. 둘째, 곽말약의 범신론 수용 경로 문제. 셋째, 곽말약의 범신론 사상의 특징 및 성격 문제. 넷째, 곽말약의 범신론을 수용한 시점과 범신론을 폐기하고 마르크스주의를 받아들인 시점의 문제.[5]

위와 같은 쟁점을 중심으로 전개된 범신론 연구는 주로 다음과 같은 두 가지 특징을 지녔다.

첫째, 곽말약의 범신론을 하나의 '사상'으로 취급하여 곽말약 전기 사상 연구로서 범신론에 접근하거나 『여신』 속에 담긴 범신론 사상을 추출하는 데 연구 중점이 놓였다. 곽말약의 범신론 사상이 곽말약의 개성 해방 사상과 근대적 자아의식의 형성에 미친 영향을 집중 해명한 것이 그 예다.[6]

---

4) 대표적인 연구로는 卜慶華, 『郭沫若評傳』(上海人民出版社, 1982) 참조.

5) 黃侯興, 앞의 책, 95-112면 참조.

6) 대표적으로 閻煥東, 『鳳凰, 女神及其他 － 郭沫若論』(中國人民大學出版社, 1990), 131-150면 참조.

둘째, 곽말약이 범신론이라는 관념론을 극복하고 마르크스주의로 나아가는 과정에 초점을 맞추는 가운데 범신론은 '전기 곽말약'에만 해당한다고 한정하였다.[7)]

이러한 곽말약의 범신론 사상에 대한 기존 연구 경향과 성과에 주목하면서도 이 연구는 위의 연구들과 범신론에 대한 접근을 달리하고자 한다. 이 연구는 기본적으로 1920년대 곽말약의 대표시집 『여신』에서 범신론은 하나의 사상으로서만이 아니라 세계와 존재에 대한 하나의 상상력과 발상으로 작용하고 있는 점을 구명하고자 하는 것이다.

기존 연구에서처럼 범신론을 하나의 '사상'으로만 취급하기 보다는 일종의 발상법, 상상력으로 보고, 이러한 범신론적 상상력이 『여신』에 어떻게 투영되어 있고, 그것이 곽말약에게 지니는 의미가 무엇인지를 살피고자 하는 것이다.

이 연구의 이러한 시도는 최근 들어 중국에서 비록 지극히 소수이지만 곽말약의 범신론 사상을 새롭게 구명하려는 시도가 나오는 것과 동일한 흐름에 있다. 예컨대, 유열탄劉悅坦은 곽말약의 범신론은 관념론적 세계관도 아니고 유물론적 세계관도 아니며, 곽말약에게 범신론은 철학 사상이라기보다는 동적인 사유방식, 예술로 세계를 파악하고 창조를 진행하는 시적 사유 방식으로 보아야 한다고 주장하였다.[8)]

---

7) 곽말약 연구에서 전기와 후기의 경계는 일반적으로 1924년이다.

8) 劉悅坦, 「'球型天才'與原邏輯思維方式 – 再釋郭沫若及其汎神論」, 『山東社會科學』

그런가 하면 세해모稅海模는 "곽말약의 범신론은 본질적으로 미학"[9]이라고 주장하였다. 또한 오정녕吳定寧은 곽말약의 범신론 사상은 1920년대 이후 중심에서 밀려나기는 하였지만 1920년대 이후에도 곽말약에게 여전히 존재하고 있었다는 주장을 내놓았다.[10] 이들 연구는 곽말약의 범신론을 새롭게 보려는 중국 대륙 연구계의 최근 시도를 상징적으로 보여주고 있다.

하지만 이 글에서는 곽말약 재평가가 지니는 이러한 문제점에 주목하는 가운데, 1920년대 곽말약과 그의 문학에 대한 재검토를 통해 곽말약 특유의 사유구조를 추출하고, 그것이 곽말약에서 갖는 의미를 구명하려고 시도한다. 혁명과 민족, 국가, 그리고 중공당에 대한 절대적 신앙 등과 관련된 곽말약의 일련의 사고를 1920년대 곽말약의 사유구조를 통해 구명하려는 것이다. 그러한 곽말약의 특유의 사유구조를 구명하기 위해 이 연구는 특히 1920년대, 특히 1920년대 초반 곽말약과 그의 문학에서 중요한 의미를 차지하고 있는 범신론에 주목하되, 범신론을 하나의 사상으로 다루기보다는 하나의 존재와 세계에 대한 하나의 상상력, 발상법으로 보려고 한다.

하지만 이 연구는 범신론적 상상력의 실질을 어떻게 규정하느냐는 점에서 유열탄의 연구와 구별된다. 유열탄의 경우 곽말약의 범신론적 사유방식의 핵심을 주객 상호 침투와 상호 융합으로 해석하고

2002年 3期, 119-120면 참조.

9) 稅海模, 「郭沫若汎神論本質上是美學」, 『貴州社會科學』 2002年 第1期(聰175期), 48-52면 참조.

10) 吳定寧, 「論郭沫若與汎神論」, 『郭沫若學刊』, 2002年 第3期(總第61期), 31면.

있지만, 이 연구의 경우 범신론적 상상력을 유열탄처럼 무슨 '원형
천재'의 발상법으로는 보지 않으며, 곽말약의 범신론에서 주체와 객
체 사이의 관계가 상호 대등한 융합 관계를 이루고 있다고도 보지
않는다.

이 연구에서는 『여신』에 등장하는 시적 주체들 사이의 상호 관계
를 주체와 객체의 관계로 보는 것이 아니라 궁극적 실체(본체)와 그것
의 표현으로서의 존재(양태)의 관계로 보며, 설사 『여신』에 이들 양자
사이의 융합 관계가 표출되어 있다고 하더라고 그 융합은 대등한
것이 아니라 하나가 다른 하나의 궁극 원인인 관계라고 본다. 이 연구
의 관심은 『여신』의 시에 담긴 범신론적 상상력이 존재와 세계의
원리에 대한 인식과 존재와 궁극적 실체 사이의 관계에 대한 인식
두 가지 층차에서 어떻게 발현되는지를 검토하는 데 있다.

요컨대 『여신』에 나타난 '존재(양태)와 궁극적 실체의 관계에 대한
범신론적 상상력'을 중점 검토하려는 것이다. 아울러 이 연구가 기본
적으로 범신론적 상상력이 곽말약 사유체계의 한 원형으로 작동할
수 있는 가능성을 검토한다는 점에서 보자면, 이 연구는 오정녕이
곽말약이 마르크스주의를 받아들인 이후에 곽말약에게 범신론은 주
변적 지위를 차지하였다고 보는 관점과는 구별된다.

2. 신이자 피닉스인 존재들

『여신』의 시들에서 눈에 띄는 특징 가운데 하나는 시의 구성에서

죽음과 부활이라는 시적 모티프가 빈번하게 등장한다는 점이다. 「여신의 부활(女神的再生)」, 「봉황열반 鳳凰涅槃」, 「하늘 개(天狗)」, 「신생新生」, 「태양예찬太陽禮讚」, 「바다에 씻다(浴海)」, 「화장터(火葬場)」, 「화로 속의 탄(爐中煤)」, 「마음의 등불(心燈)」 등, 『여신』의 대표작들이 대부분 그렇다. 이들 시에서 부활의 주체는 인간에서부터 생물, 광물질에 이르기까지 다양하다.

「하늘 개」에서 부활의 주체는 곽말약을 암시하는 '나'이고, 「봉황열반」에서는 '봉'과 '황'과 같은 신화적 상징물이자 중국이고, 「바다에 씻다」의 경우 '태양'이며, 「화장터」에서는 '봄 풀'이다. 그런가 하면 「화로 속의 탄」의 경우 광물질인 석탄이다. 요컨대, 시집 『여신』의 세계에서 우주만물은 한결같이 부활의 가능성을 지니고 있어서, 부활은 차라리 존재의 기본 속성이라고 할 수 있을 정도이다.

그런데 『여신』에 자주 등장하는 부활 모티프에서 특이한 것은 존재와 세계는 죽음을 통해 부활하지만 그 부활이 중국 신화의 세계에서처럼 다른 존재로 변신하는 것도 아니고 과거의 존재가 그대로 환생하는 것도 아니라는 점이다. 존재와 세계의 부활은 존재의 변신이 아니라 자기 자신으로 거듭나는데, 이 거듭남은 과거 존재의 단순한 부활이 아니라 잃어버리고 훼손되었던 자신의 본래의 모습을 되찾는 의미를 지닌다.

예를 들어, 『여신』의 대표작 가운데 하나인 「봉황열반」의 경우가 바로 그렇다. 시에서 '봉'과 '황'은 원래 모든 날짐승들의 영장이었지만, 지금은 젊은 시절의 신선함도, 감미로움도, 화려함도, 사랑도 잃어버린 상태이다.

> 우리 젊은 시절의 신선함은 어디 갔는가
> 우리 젊은 시절의 감미로움은 어디 갔는가
> 우리 젊은 시절의 화려함은 어디 갔는가
> 우리 젊은 시절의 사랑은 어디 갔는가[11]

　이렇게 한탄한 뒤 봉황은 "죽을 때가 되었다"라면서 죽음을 택한다. 그리고는 부활하여 다시 태어난 기쁨을 이렇게 노래한다.

> 우리는 신선하고 우리는 깨끗하고
> 우리는 아름답고 우리는 향기롭다
> 모두는 하나로, 향기롭고
> 하나는 모두로, 향기롭고
> (중략)
> 우리는 활기차고 우리는 자유롭고
> 우리는 기운차고 우리는 영원하다[12]

　봉황은 죽은 뒤 부활하여 신선함과 깨끗함, 아름다움과 향기, 자유,

---

11) 「鳳凰涅槃」, 『郭沫若全集』 1卷, 36-37면.
　　"我們年靑時候的新鮮哪兒去了? / 我們年靑時候的甘美哪兒去了? / 我們年靑時候的光華哪兒去了? / 我們年靑時候的歡愛哪兒去了?"
12) 「鳳凰涅槃」, 『全集』 1卷, 44면.
　　"我們新鮮, 我們淨朗//我們華美, 我們芬芳//一切的一,芬芳 / 一的一切,芬芳(중략) / 我們生動,我們自由 / 我們雄渾,我們悠久"

활기, 영원한 생명을 얻었다. 그런데 부활한 봉황의 신선함과 깨끗함 등은 원래 자신들이 지니고 있었지만 지금 현실에서 잃어버린 것들이다. 그것을 죽음과 부활을 통해 되찾은 것이다. 이렇게 보자면, 봉황에게 죽음과 부활은 원래 자신들이 지니고 있었지만 현실 속에서 훼손된 가치를 되찾는 것, 자기의 본래의 가치를 회복하는 기제이다. 현실에서 훼손된 형태로 존재하는 자기의 존재를 불사르고 원래의 자기 모습을 회복하도록 해주는 기제로서의 죽음은 『여신』에 수록된 또 다른 시 「하늘 개」에서도 보인다.

나는 하늘의 개!
나는 달을 삼키고
나는 해를 삼키고
나는 모든 별을 삼키고
나는 온 우주를 삼킨다.
나는 바로 나다!
(중략)
너는 나의 가죽을 벗긴다
나는 너의 고기를 먹는다
나는 나의 피를 빤다.
나는 나의 염통과 간을 먹는다
나는 나의 신경 위에서 날듯 달린다
나는 나의 척수에서 날듯 달린다
나는 나의 뇌수에서 날듯 달린다

나는 바로 나다!

나의 나가 폭발하려 한다!13)

　시에서 '나'는 먼저 해와 달, 우주를 삼키고, '나'의 피와 심장과 간을 삼킨다. 이러한 자기 파괴, 자기 부정을 거쳐 새로운 '나'가 탄생하는데, 그 '나'는 외부 존재에 의해 규정되는 다른 누구의 '나', 다른 무엇의 '나'가 아니라 '나'의 내부에서 규정되는 '나의 나'이다. 구자아에 대한 파괴와 부정을 거쳐서 '나'의 존재 의미가 스스로에게서 나오는 자기 규정적인 존재로서의 자아가 탄생하는 것이다.14) 요컨대, 시「하늘 개」는 현상적 존재인 자아에 대한 자기 파괴와 자기 부정을 거쳐서 진정한 '나'의 존재를 찾는 과정의 기쁨을 노래하고, 진정한 '나'의 탄생을 선언하는 시이다. 시에서 현실의 현상적 존재는 죽음과 자기부정을 통해 진정한 자아를 찾는 것이다.

　그런데 이럴 경우 죽음은 존재와 세계가 참된 자아를 회복하고 진정한 자아를 찾기 위해 필연적으로 겪어야 할 하나의 통과제의라는 의미를 지니게 된다. 이 죽음의 통과제의를 통해 '봉황'은 원래의 자기, 진정한 자기로 부활하고, '나'는 진정한 '나'로 거듭난다. 죽음

---

13)「天狗」,『全集』1卷, 54면.

　"我是一條天狗呀! / 我把月來吞了 / 我把日來吞了 / 我把一切的星球來吞了 / 我把全宇宙來吞了 / 我便是我了! / (중략) / 我剝我的皮 / 我食我的肉 / 我吸我的血 / 我嚙我的心肝 / 我在我神經上飛跑 / 我在我脊髓上飛跑 / 我在我腦筋上飛跑// 我便是我呀! / 我的我要爆了!"

14) 이러한 자아의 근대적 성격에 대해서는 Leo, Ou-Fan Lee, *Romantic Generation of Modern Chinese Writers* (Cambridge : Harvard Univ. Press, 1973), 183면 참조.

과 부활이 갖는 이러한 의미를 일반화시켜서 곽말약은 이렇게 말한다.

> 광명의 전에는 혼돈이 있고, 창조의 전에는 파괴가 있다. 새 술은 헌 부대에 담을 수 없다. 봉황이 부활하려면 먼저 시체를 불태워야 한다.15)

혼돈과 파괴, 죽음을 통해 존재는 부활한다. 아니, 파괴와 죽음 없이는 존재의 새로운 탄생이란 없다. 적어도 『여신』의 시들로 볼 때 『여신』의 창작 시기 곽말약은 이렇게 생각하고 있었다.

여기서 문제는 『여신』에서 곽말약은 왜 죽음이나 죽음과 같은 자기 부정과 파괴가 먼저 있어야만 존재와 세계의 부활과 창조가 가능하다고, 왜 파괴가 창조의 전제 조건이라고 여기는가 하는 점, 나아가 죽음을 통한 부활이 왜 단순한 부활이 아니라 잃어버렸던 참다운 자기의 모습을 되찾는 계기로 작동할 수 있느냐는 점이다.

이 물음은 곽말약 사상과 『여신』 시 해석을 좌우하는 핵심적인 문제이다. 이 문제에 대해 기존의 곽말약 연구에서는 여기에는 "철저히 현실을 변혁하려는 사회이상이 담겨 있으며, 러시아 혁명의 영향 속에서 시인이 마르크스주의, 그리고 사상적으로는 사회주의에 다가서는 계기로 작용하고 있다"16)고 보는 견해가 주류이다. 하지만 이는

---

15) 「我們的文學新運動」, 『全集』 16卷, 5면.
16) 黃侯興, 『郭沫若的文學道路』(天津人民出版社, 1981), 54면.

곽말약의 전기 사상을 '혁명적 이상주의'로 규정한 뒤, 이것이 1924
년 이후 마르크스주의로 발전한다는 곽말약 사상 발전 과정에 대한
중국 대륙 학계의 고정된 인식을 『여신』의 시 해석에 기계적으로
대입한 결과다.[17]

　하지만 이러한 인식은 문제가 있다. '사상으로서 범신론'과 '사상
으로서 마르크스주의' 사이의 연결과 단절 관계에만 주목하거나 곽
말약의 혁명적 이상주의와 범신론 사상 사이의 관계[18]에만 천착할
뿐, 그의 범신론이 시의 사상만이 아니라 시의 장치, 시의 내적 모티
프로 어떻게 작동하고 있는지에 대해서는 해명이 부족하기 때문이다.
『여신』의 범신론을 지나치게 하나의 사상으로서 취급하거나 곽말약
의 혁명성을 지나치게 강조하여 텍스트를 해석하고 있는 것이다.

　사정이 이러할 때, 이러한 문제점을 극복하기 위해서는 두 가지가
극복되어야 한다. 하나는 곽말약의 혁명성을 텍스트에 기계적으로
대입하는 일종의 정치적 독법이 지양되어야 한다. 다른 하나는 『여신』
에 나타난 범신론에 대한 이해의 지평을 좀더 확장시킬 필요가 있다.

---

17) 郭沫若의 전기 사상(1924년 이전)에서 범신론이 차지하는 비중에 대해서 중국 대륙
　　의 연구는 문혁 이전에는 범신론이 전기 사상의 핵심이라고 파악했다가 문혁 때에는
　　범신론을 자산계급 사조로 취급하며 郭沫若 전기 사상과 문학에서 애국주의와 혁명
　　적 이상주의를 강조하면서 범신론의 의미를 축소시켰다. 그러나 문혁 이후부터 다시
　　범신론의 지위를 복원시키고 있다. 이런 경과에 대한 소개로는 黃候興,『郭沫若文學
　　研究管窺』(天津 : 天津敎育出版社, 1987) 중 「汎神論哲學思想的討論」, 94-112면
　　참조.

18) 중국 대륙에서는 곽말약의 범신론 사상은 "애국주의 사상과 혁명 민주주의 사상을
　　배양하는 온상이다"고 평가하는 경우가 많다. 대표적인 입장으로는 樓栖,『論郭沫若
　　的詩』(上海文藝出版社, 1978) 11면, 31면 참조.

서구 철학사상에 출현한 범신론 사상을 하나의 기준으로 설정하고 곽말약이 서구 범신론 사상을 어떻게 수용하는지, 서구의 범신론과 곽말약의 범신론 사상 사이에 어떤 관계가 있는지, 범신론이 곽말약의 혁명적 애국주의와 어떻게 결합하는지를 검토하는 차원을 넘어서 『여신』속에 담긴 곽말약 특유의 범신론을 사상 차원에서뿐만 아니라 범신론적 세계인식이라는 차원에까지 지평을 넓혀서 구명할 필요가 있다는 것이다.

그래야만 범신론이 곽말약에게 사상으로서만이 아니라 존재와 세계를 보는 상상력으로서, 그리고 이와 결합된 시적 모티프로서 어떻게 『여신』속에서 작동하는지를 입체적으로 구명할 수 있을 것이다.

요컨대 『여신』에 표출된 죽음과 부활, 파괴와 창조 사이의 상호관계에 대한 곽말약의 인식을 '사상으로서의 범신론' 차원을 넘어서 '존재와 세계에 대한 하나의 발상법이자 상상력으로서의 범신론'이라는 차원에서 검토하는 것이 필요하다는 것이다. 이는 죽음이 있어야만 존재가 부활할 수 있고, 존재에게 부활이 단순한 생의 회복이 아니라 참다운 자기의 모습의 회복이라는 의미를 갖는 시적 장치로 작동하는 범신론적 상상력을 시를 통해 점검하는 일에 다름 아니다. 그럴 때, 『여신』에 등장하는 죽음과 부활의 의미와 시적 모티프의 의미가 보다 선명하게 해석될 수 있다고 본다.

이렇게 전제할 경우 먼저 진행되어야 할 연구 작업은 곽말약의 범신론적 존재론에 대한 검토이다. "곽말약의 범신론은 차라리 곽말약식 범신론이라고 말하는 것이 나을"[19]정도로 여러 가지 요소가 결합되어 있다. 그는 범신론을 통해 장자莊子를 새롭게 발견하고, 왕양명王陽明과 공자孔子, 우파니샤드 철학을 새롭게 발견하였다고 말한 바 있다.[20]

곽말약의 범신론은 스피노자의 사상, 우파니샤드 철학, 노장老莊 사상이 결합되어 형성되었는데, 곽말약이 여러 가지 이들 사상을 하나로 연결하는 고리가 범신론이다. 곽말약이 이들 사상에서 발견하는 공통점은, 현상 너머에 현상을 추동하는 궁극적 실체(곽말약 용어로는 '본체')가 있고, 모든 존재는 그 궁극적 실체의 표현으로 보는 범신론적 존재론이다. 곽말약에게 현상 너머의 궁극적 실체는 노장 사상의 '도道'이기도 하고, 우파니샤드 철학의 브라흐만이기도 하고, 폭 넓은 의미의 신이나 우주이기도 하다.[21]

그가 「세 사람의 범신론자」(1920)란 시에서 장자와 스피노자, 카비르를 세 사람의 범신론자로 들고서 범신론을 사랑하기 때문에 이들을 사랑한다고 한 것은 이 때문이다.[22] 곽말약은 자아나 존재는 궁극적 실체(신, 브라흐만, 도)의 표현, 스피노자 식으로 말하자면 신의 속성을 체현하고 있는 일종의 양태modus라고 보는 것이다.

이러한 그의 범신론적 인식은 다음 두 문장에 집약되어 있다.

---

19) 吳定寧, 「論郭沫若與汎神論」, 『郭沫若學刊』, 2002年 第3期(總第61期), 33면.

20) 곽말약은 타고르와 괴테 작품을 즐기면서 범신론 사상에 접근하게 되었고, 이로 인해 우파니샤드 사상에 관심을 갖게 되고 노장철학과 공자의 철학을 재발견하게 되었다고 말한 바 있다. 郭沫若, 『創造十年』(上海 : 現代書局, 1933년 재판본) 76면.

21) 위와 같음.

22) 「三個汎神論者」, 『全集』 1卷, 73면.

범신은 무신이다. 모든 자연은 다 신의 표현이다. 나 역시 신의 표현이고, 내가 바로 신이다. 모든 자연은 다 신의 표현이다.[23]

모든 산천초목은 다 신의 화신이다. 사람도 신과 동체이다.[24]

여기서 곽말약은 범신은 무신이라고 하면서 유일신을 부정하는 가운데 자아와 자연 모두 신의 표현이라고 보고 있다. 신은 궁극적 실체이고, '나'나 자연은 신의 표현, 즉 신의 속성을 지닌 양태에 해당한다. 이러한 범신론적 존재론에 힘입어 곽말약은 '나는 신이다'고 여긴다. '나'만이 아니라 모든 자연물이 다 신이어서, 신처럼 위대하고 신처럼 전능한 역량을 지니고 있다. 그가 「매화나무 아래서 취하여 부르는 노래」(1920)에서 "나는 나 자신을 찬미한다! / 나는 자아를 표현하는 이 온 온주의 본체를 찬미한다!"[25]고 한 것, 「피라미드」(1920)란 시에서, "창조여! 창조여! 노력하여 창조하자! 사람의 창조력의 권위는 신과 같으니"[26]라고 하면서 사람의 창조력을 신과 동등하게 본 것은 이 때문이다.

그런데 비극적인 것은 범신론적 존재론에 힘입어 『여신』의 시적

---

23) 「少年維特之煩惱」序引」, 『創造』 季刊 1卷 1期(創刊號).

24) 「中國文化之傳統精神」, 黃侯興校, 『文藝論集(匯校本)』(長沙 : 湖南人民出版社, 1984) 10면.

25) 「梅花樹下醉歌」, 『全集』 1卷, 95면.
"我讚美我自己! / 我讚美這自我表現的全宇宙的本體!"

26) 「金字塔」, 『全集』 1卷, 106면.
"創造喲!創造喲!努力創造喲! / 人們創造力的權威可與神祇比伍!"

주체들이 한결같이 신처럼 위대하고 전능한 역량을 지닌 존재이지만, 당장의 현실에서는 어둡고 절망적인 상황에 처해 있다는 점이다. 「봉황열반」에서 봉황이 처한 상황이 대표적으로 그러하다.

> 아아!
> 이 어둡고 더러운 세상에선
> 금강석으로 벼린 검도 녹이 슬 것이다
> 우주여, 우주
> 내 마음껏 그대를 저주하노라
> 그대 피고름 투성이 도살장이여!
> 슬픔 가득한 감옥이여!
> 귀신들 떼를 지어 아우성치는 무덤이여!
> 악마들이 우글거리는 지옥이여!
> 대관절 무엇 때문에 존재하느냐?[27]

이렇게 도살장이자 지옥인 현실 속에서 봉황은 현실을 타개할 아무런 방책이 없다. "돛도 찢어졌고" "노도 바람에 떠내려가"[28] 버렸다. 「마음의 등불」(1920)에서 화자가 처한 상황도 이와 비슷하다.

---

27) 「鳳凰涅槃」, 『全集』 1卷, 36-37면.
   "啊啊! / 生在這樣個陰穢的世界當中 / 便是把金鋼石的寶刀也會生銹! / 宇宙呀, 宇宙 / 我要努力地把你詛呪 / 你膿血汚穢着的屠場呀! / 你悲哀充塞着的囚牢呀! / 你群鬼叫號着的墳墓呀! / 你群魔跳梁着的地獄呀! / 你到底爲甚麼存在?"
28) 「鳳凰涅槃」, 『全集』 1卷, 39면. "帆已破 / 楫已漂流"

연일 불어대는 광풍이
하늘의 태양을 꺼버리고
마음의 등불을 꺼버렸다
탄광 속의 석탄이여, 가엾어라!29)

　시에서 석탄은 원래 불씨를 간직하고 있지만 광풍 앞에서 불이
되어 타오르지 못하고 있다. 바람이 태양도 마음의 등불도 꺼버린
현실에서 자신의 능력을 실현하지 못하고 있는 것이다. 원래 자기는
신의 표현으로서 신 같은 전능한 능력을 지니고 있지만 어둡고 절망
적인 현실로 인해 능력을 발휘하지 못하고 있는 상황은 매우 절망적
이다.

　『여신』에서 이런 절망적 상황에 처한 시적 화자는 죽음을 연인에
비유하여 "죽음이여! / 나 언제나 그대를 볼 수 있을까?"30) 말하고는
"말약, 고민할 것 없어 / 빨리 내게 달려와 내 볼에 입 맞추어요 / 내
기꺼이 당신의 고뇌를 덜어줄게요"31)라면서 '죽음의 유혹'에 빠지기
도 한다. 범신론적 존재론에 따라 원래 '나'는 전능한 신이라 여기지
만 지금 현실에서 '나'는 어둡고 절망적인 상황에 처해 있는 비극적
분열 상태가 연출되고 있는 것이다.

---

29) 「心燈」, 『全集』 1卷, 56면.
　"連日不住的狂風 / 吹滅了空中的太陽 / 吹息了胸中的燈亮 / 炭坑中的炭塊呀, 凄凉!"
30) 「死」, 『全集』 1卷, 128면. "死 / 我要幾時才能見你?"
31) 「死的誘惑」, 『全集』 1卷, 137면.
　"沫若, 你別用心焦! / 你快來親我的嘴兒 / 我好替你除却許多煩惱"

곽말약 개인사를 보면,『여신』에 수록된 시에서만 그런 것이 아니라『여신』에 실린 시들을 창작할 당시에 곽말약은 실제로 매우 절망적인 처지에 놓여 있었다. 곽말약은 매우 자존심이 강하고 스스로에 대한 믿음이 강한 사람이다. 그런데 일본에서 이미 결혼을 한 몸으로서 다른 여자, 그것도 애국자를 자처하는 그가 일본 여자와 동거를 시작한 데 대한 자책감, 일본에서 '지나인'으로 겪어야 했던 굴욕감으로 입은 내면의 상처, 그리고 자기의 강한 민족주의 정서와는 반대로 일본 여자와의 결혼으로 인해 매국노란 비난을 들어야 했던 괴로움, 문학과 의학 사이에서 자기 의미를 찾지 못하던 갈등과 방황의 연속, 극도의 경제적 피폐 등의 제반 요인들[32]이 복합적으로 작용하여, "날마다 자살을 생각"[33]했다.

당시 곽말약의 곤혹스러운 상황은 시「봉황열반」에서 봉황이 원래는 날짐승의 영장이었지만 지옥 같은 현실에 처해서 자기의 참다운 모습을 잃고 죽음을 맞는 상황과 흡사하다. 요컨대, 원래 신의 표현인 존재는 현실에서 자신이 본래 지니고 있는 신적 능력을 발휘하지도, 자신의 본성을 제대로 실현하지도 못하는 절망적 상황에, 본래의 자기 존재와 현실 존재 사이의 비극적 분열 상태에 처해 있던 것이다.

『여신』에서 시적 주체들이 처한 이러한 절망적 상황은, 자아를

---

32) 이러한 사정에 대해서는『三葉集』중의「郭沫若致田漢」,『全集』15卷, 38-44면과 郭沫若,『創造十年』31-35면 등 참조.

33)「太戈兒來華的我見」, 黃候興 校,『文藝論集(匯校本)』(長沙 : 湖南人民出版社, 1984), 185면.

비롯하여 모든 자연은 다 신의 표현이고 '나'와 자연은 신이라고 보는 곽말약의 범신론적 존재론에서 보자면, 원래 자신이 지니고 있던 신성神性을 잃고 있는 상황이다. 신성을 잃고 어둠과 절망에 빠져 있는 지금의 현상적 자아는 원래의 '나' 즉 신의 속성을 지닌 본질적 자아의 왜곡 상태, 본질적 자아의 소외 상태에 놓여 있다. 범신론적 존재론에 심취에 있던 곽말약으로서는 이처럼 어둠과 절망에 처해 신의 본성을 발휘하지 못하고 있는 현상적 자아는 원래의 자아가 아니라고 생각할 수밖에 없다.

곽말약이 자주 자신을 석탄에 비유하면서, 예컨대 「화로 속의 석탄」(1920)에서 자신이 원래는 '유용한 대들보'였고 원래는 불씨를 지녔으되 타오르지 못하고 오랫동안 땅 속에 묻혀 있는 '거칠고 검은 노예' 같은 '석탄'[34]에 비유한 것은 이런 맥락에서다.

그런데 이처럼 원래 자신은 신의 표현물로서 신적인 능력을 지니고 있고, 어둠과 절망에 처한 지금의 현실적 자아는 본질적 자아의 소외 상태라고 인식하는 범신론적 존재론은 현실의 소외 상태를 극복하여 신의 능력을 지닌 원래 자아의 모습을 회복하고자 하는 욕망의 토대가 되기도 한다.

지금의 '나'는 원래의 '나'가 아니며, 원래의 '나'는 지금의 '나'를 죽이고 파괴하여야만 회복할 수 있다고 보는 가운데 '현상적 자아에 대한 불만 - 죽음 - 부활 - 본질적 자아의 회복'으로 이어지는 범신론적 상상력의 구도가 성립되는 것이다. 죽어야 참다운 '나'로 부

---

34) 「爐中炭」, 『全集』 1卷, 58면.

활할 수 있다는 역설이 성립되는 것이고, 『여신』에 등장하는 여러 가지 시적 주체들이 죽음을 통해 부활하는 것은 이 때문이다.

이 원리 속에서 죽음은 생의 바깥이 아니라 생의 안에 위치하고 자아의 삶을 갱신하는 한 계기이다. 만일 존재와 세계의 원리에 이러한 사고, 이러한 발상법을 곽말약 특유의 범신론적 상상력이라고 한다면, 이 차원의 범신론적 상상력은 식물성이다. 존재는 현재의 삶을 파괴하고 죽임으로써 원래의 참다운 '나'로 거듭나고, 이 과정은 무한하기 때문이다.

곽말약의 범신론적 상상력 속에서는 식물이 자신의 마른 낙엽을 거름 삼아 봄이 오면 새 꽃을 피우며 부활하듯이 모든 존재도 그렇게 부활할 수 있다는 식물성이다. 범신론적 상상력 속에서 자아를 죽이는 일은 본질적 자아를 부활시켜 새 꽃을 피우는 거름이자 필수불가결한 과정인 것이다. 어둠과 절망에 처한 현상적 자아는 죽어서 비로소 신의 표현인 원래의 자아로 부활하게 된다.

곽말약이 자신의 시 「여신의 부활」과 「봉황열반」은 중국의 부활을 상징하고 염원하면서 쓴 시라고 했듯이[35] 그에게는 봉황도 조국도 그렇게 부활할 수 있다. 곽말약은 『여신』을 창작할 시기 그의 조국과 그 자신을 포함하여 어둠과 절망에 처한 존재들이 그렇게 부활할 수 있다는 가능성을 믿었고, 그렇게 부활하기를 희망하였다.

---

35) 「詩作談」, 『郭沫若論創作』(上海 : 上海文藝出版社, 1982), 218면.
　　"그때 중화민족의 부흥을 몹시 갈망했고, 「여신의 부활」과 「봉황열반」 속에 의식적으로 표현되어 있다."

범신론적 상상력을 토대로 모든 존재는 부활할 수 있다는 희망과 믿음, 그리고 모든 존재는 그렇게 부활하여야 한다는 신념과 의지가 시로 드러나는 순간 『여신』의 이상주의와 낙관주의가 싹이 텄다.

곽말약이 "봉황이 부활하려면 먼저 시체를 태워야 한다"[36]면서 죽음과 파괴가 창조의 전제조건이라고 보았던 것은 기존의 중국 대륙 연구에서처럼 무슨 혁명적 이상주의나 애국주의 때문이 아니라 이러한 범신론적 존재론을 토대로 한 범신론적 상상력 때문이라고 보아야 옳다.

모아서 말하자면, 곽말약의 범신론적 상상력에서 모든 존재는 신이고, 모든 존재는 피닉스이고, 모든 존재는 식물성이다. 『여신』에 수록된 시에서 죽음과 부활의 모티프가 빈번하게 등장하는 것은 기본적으로 이러한 범신론적 상상력 때문이고, 존재와 세계의 원리에 대한 이러한 발상, 이러한 상상이 곽말약 범신론적 상상력의 첫 번째 층차이다.

3. 향일성과 '망아忘我'의 논리

앞에서 살펴보았듯이, 곽말약이 지닌 범신론적 존재론의 특징은 모든 존재와 세계가 신의 표현으로 보는 것이다. 그런데 이 범신론적 존재론은 『여신』의 시들에서 신의 표현인 자연물을 신처럼 찬미하는 것으로 나타나기도 한다. 「매화나무 아래서 취하여 부르는 노래」

---

36) 「我們的文學新運動」, 『全集』 16卷, 5면.

(1920)에서 화자가 매화를 '우주의 정수'이자 '생명의 샘물'이라고 하면서 "나는 그대를 찬미한다!"[37)고 하듯이, 『여신』의 시에 자연물에 대한 찬미가 많이 등장하는 것이 바로 그렇다.

그런데 『여신』에서 곽말약은 모든 자연물 중에서도 태양을 각별하게 찬미한다. 태양이 각별한 찬미의 대상이 되는 이유는 「태양예찬」이란 시를 예로 보면, 태양은 생명을 주는 존재, 화자에게 붉은 피가 돌게 해주는 존재이기 때문이다. 그래서 화자는 태양에게 "나의 온 생명을 비추어 붉은 피가 흐르도록 하소서"라고 요청하고, "태양이여! 당신이 나를 온전히 비추어 주지 않으면 나는 돌아가지 않을 것이다"[38)고 태양에게 투정을 부리기도 한다. 태양의 의미가 이러하기에 "나의 눈길이 당신을 떠날 때 세상은 온통 암흑"[39)인 것은 너무도 당연하다.

그런가하면 「바다에 씻다」(1919)에서 태양은 바다와 더불어 "세상에 태어나 묻은 먼지와 때, 찌꺼기들"을 말끔히 씻어주어서, 화자를 "껍질 벗은 매미로 변하여"[40) 다시 태어나게 해준다. 「일출」(1920)에서 태양은 '어두운 구름'을 쫓아내는 '아폴로의 웅대한 빛'[41)이다. 이들 시에서 태양은 세상의 어둠을 몰아낼 뿐만 아니라 화자에게

---

37) 「梅花樹下醉歌」, 『全集』 1卷, 95면.

38) 「太陽禮讚」, 『全集』 1卷, 100면.

39) 위와 같음.

40) 「浴海」, 『全集』 1卷, 70면.
"我有生以來的塵垢, 粃糠 / 早已被全盤洗掉! / 我如今變了個脱了殻的蟬蟲"

41) 「日出」, 『全集』 1卷, 62면. "我守看着那一切的暗雲 / 被亞坡羅的雄光驅除幹淨!"

생명을 주고 존재에 묻은 온갖 묵은 때를 씻어내 다시 태어나게 해준다. 태양이 생명력의 원천이자 자아를 새롭게 부활시켜 주는 원천인 것이다.

태양의 의미가 이러하기 때문에 『여신』에서 시적 주제들은 태양에 다가가려는 향일성向日性 충동에 몸부림친다. 「신양관 삼첩」(1920)에서 '나'는 "나도 그대와 같이 길을 가고 싶소, 태양이여!"[42]라면서 끝내 태양과 함께 할 수 없는 것을 원망한다.

「마음의 등불」(1920)에서는 심지어 종이연조차도 태양을 좋아하여 앞을 다투어 태양을 향해 날아오르려는 향일성 충동으로 조급해하는 가운데 화자는 "어서 밝은 곳으로 뻗어 나가라"고 재촉하는 소리를 듣는다. 그런 뒤 '나'는 태양의 빛 속으로 날아가는 매를 보고서 봉황을 떠올린다.[43] 태양을 향한 향일성 충동이 태양으로 날아가는 매와 결합되면서 봉황을 떠올리는 것이다.

시집 『여신』에서 곽말약은 서구 신화 속의 새 피닉스를 중국 신화 속의 새 봉황으로 번역했다고 밝혔다.[44] 원래 서양 신화에서 피닉스가 태양의 신이듯이, 곽말약은 태양을 향해 비상하는 매에서 봉황, 즉 부활의 새인 피닉스를 연상한 것이다. 곽말약에게 태양은 생명의 원천이자 '나'를 다시 태어나게 하고 부활시켜주는 부활의 생명력이다. 곽말약이 '삶과 죽음의 투쟁'에서 이기고 '용처럼 붉은 사자처

---

42) 「新陽關三疊」, 『全集』 1卷, 105면. "我恨也不能跟你同路去喲!太陽喲"

43) 「心燈」, 『全集』 1卷, 56-57면.

44) 「鳳凰涅槃」, 『全集』 1卷, 44면.

럼'45) 아침이면 다시 떠오르는 태양에서 본 것은 그런 생명과 부활의 신화이다.

그 태양의 신화 속에서 태양을 향한 향일성의 욕망, 태양과 합일하고자 하는 욕망은 때 묻은 존재, 어둠에 처한 현상적 존재가 그 때와 어둠을 털어 버리고 다시 부활하고 싶다는 욕망에 다름 아니다. 『여신』의 향일성 존재들에게는 봉황이 불에 타 죽는 죽음이 봉황의 본질적 자아를 부활시키는 위한 창조적 죽음이듯이 태양과 합일을 이루는 일은 존재의 죽음이 아니라 새로운 생명을 얻고 부활하는 계기이다. 봉황(피닉스)이 불에 탄 뒤 부활하듯이 '나' 역시 태양과 하나 되어, 태양에 연소되어 부활하는 것이다.

요컨대, 『여신』에서 시적 존재들은 한편으로는 현상적 존재의 죽음을 통해 원래의 자신의 신성神性을 찾아 부활하고 새로운 생명을 얻기도 하지만(범신론적 상상력의 첫 번째 층차), 다른 한편으로는 자연과 하나가 될 때, 우주와 하나가 될 때 마음의 평온을 찾고 새로운 생명을 얻는다. 우파니샤드 사상으로 보면 '브라흐만이 곧 아트만인 범아일여梵我一如'의 경계 속에서, 중국 전통 사상으로 보면 천인합일天人合一의 경계46) 속에서 마음의 평온과 새로운 생명을 얻는 것이다. 「하늘 개」에서 '나'가 해와 달을 삼키고, 온 우주를 삼켜서 우주 에너지를 체화한 뒤에 '나'의 피와 살을 먹고 새롭게 태어나는 것은 이

---

45) 「日出」, 『全集』 1卷 62면.

46) 곽말약 범신론의 이러한 특징을 중국 전통적 천인합일의 관점에서 분석한 연구로는 宮富·劉騁, 「天人合一 : 郭沫若早期思想的核心」, 『西南交通大學學報(社會科學版)』 2004年 3月 第5卷 第2期 118-123면 참조.

때문이다.

곽말약은 "사람은 무아無我가 될 때, 신과 합체合體가 되고, 시공을 초월하고, 삶과 죽음이 같이 나란하고" "자아의 자살이 바로 지고의 도덕이다"[47]고 말한 바 있다. 곽말약의 이러한 인식은 자아가 신적 전능함을 가졌다고 보는 그의 범신론적 존재론과 배치되는 것처럼 보인다. 하지만 곽말약은 자아가 신이 되는 것과 자아가 무아로 되어 자연과 하나가 되는 것은 동전의 양면처럼 한 존재의 다른 표현이라고 여긴다.[48]

이런 인식 속에서는 존재가 무자아가 되는 것, 곽말약이 자주 사용한 용어로 '망아忘我'가 되는 것은 자아를 신 또는 자연과 일치시키는 것이 되고, 그에게 이는 자연 속에서 자아를 잃어버리는 부정적 의미가 아니라 만물의 궁극적 실체(신, 도, 브라흐만)와 자아를 일치시키는 것이 된다. 『여신』의 창작 당시 곽말약은 이러한 일치와 합일을 통해 자아는 궁극적 실체의 신성神性을 체화, 자기화하여 새로운 생명을 얻는다고 여겼기 때문에, '자아의 자살이 지고의 도덕'이라고 본 것이다.

『여신』에서 시적 주체들이 자연과 합일하려고 열망하는 것, 태양과 합일을 위한 향일성 충동으로 들끓고 있는 것은 기본적으로 자아의 자살을 통한 궁극적 실체에 대한 그의 이러한 인식에서다. 태양과 하나가 되려고 하는 것은 존재(스피노자 식으로 말하면 소산적 자연으로

---

47) 「『少年維特之煩惱』序引」, 『創造』(季刊), 創刊號.
48) 위와 같음.

서의 양태)가 만물의 궁극적 실체인 신이나 도, 브라흐만과 합일하여 그 신의 속성을 체화하여 존재가 신성을 회복하는 길이자 부활하는 길인 것이다.

『여신』에서 태양을 향해 비상하여 태양과 하나가 되려고, 태양에 기꺼이 연소되려고 하는 향일성 욕망은 이 때문에 생긴 것이다. 이는 '망아 혹은 무아 궁극적 실체와 합일 자아의 새로운 탄생'의 구도이다. 곽말약 범신론적 상상력의 두 번째 층차가 여기에 있다.

그런데 이러한 범신론적 상상력의 구조는 중요한 문제점을 지니고 있다. 왜 그런가하면, 이 구조에서 향일성 욕망으로 들끓으면서 태양이나 신과 하나가 되려는 존재들에게 자신이 그토록 합일하려고 하는 태양이나 신에 대한 회의나 의심은 애초에 배제되어 있기 때문이다. 신이나 태양, 브라흐만 같은 궁극적 존재에 대한 절대 믿음, 회의나 의심을 아예 배제한 상태에서 궁극적 존재들이 절대화된다. 회의와 질문의 대상에서 아예 배제되어 있다. 존재에게 선택 가능한 것은 그 궁극적 존재에 대한 절대적 신뢰와 경배, 그리고 그 궁극적 존재와 합일하고 망아忘我가 되는 과정을 통해 자아가 새롭게 탄생하는 길 뿐이다.

그런데 문제는 곽말약에게 범신론이 1920년대 초반, 즉 시집『여신』창작 시기에만 국한된 하나의 '사상'으로만 작동하는 것이 아니라 존재와 세계, 양태인 현존재와 궁극적 실체 사이의 상호 관계에 대한 하나의 상상력이자 발상법으로서 작동할 경우이다. 요컨대『여신』의 시에 표출된 범신론이 하나의 '범신론적 상상력'으로 외연을 넓혀서 곽말약의 삶과 사상에 지속적으로 작동할 경우이다.

그럴 때『여신』에 등장하는 신이나 태양, 장자의 도, 우파니샤드의 브라흐만처럼 개별 존재를 있게 하고 부활시켜 주는 그 궁극적 실체가 범신론의 범주를 벗어나 다른 것으로 대체될 가능성은 충분히 상존한다. 신, 태양, 도道, 브라흐만 자리에 존재에게 그러한 의미를 부여하는 다른 어떤 것들이 들어설 수 있는 것이다.

곽말약은 범신론 사상이 1924년 이후 청산되었다고[49] 언급한 바 있지만, 문제는 사상으로서의 범신론이 아니라 상상력, 발상법으로서의 범신론이다. 만일 범신론적 상상력의 구조가 요구하는 궁극적 실체의 자리에 민족이나 국가, 중국 공산당이나 마르크스주의가 들어선다면 어떻게 될 것인가?

곽말약에 대한 중국 대륙의 가장 일반적인 평가는 그는 애국주의 시인[50]이자 '당의 나팔수'[51]라는 것이다.[52] 곽말약은 중국 현대문학 작가 중 누구보다도 중공당과 함께 길을 간 작가이다. 때문에 주은래

---

49) 「孤鴻 – 致成仿吾的一封信」, 『全集』 16권, 10면.
　　郭沫若이 마르크스주의자임을 자처한 것은 1924년 4월과 5월 사이에 河上肇의 『사회조직과 사회혁명』을 번역하고 난 뒤부터다. 그는 이 책을 번역하고 난 뒤, 성방오에게 보낸 편지에서 "나는 이제 마르크스주의의 철저한 신도가 되었다"면서, "마르크스주의는 우리가 처한 이 시대의 유일한 진리다"고 말한다.

50) 이런 관점의 대표적인 연구로는 『煉獄式的愛國主義者的戰鬪一生 – 郭沫若愛國主義思想論集』(天津人民出版社, 1981) 참조.

51) 林林, 「這是黨喇叭的精神 – 憶郭沫若同志」, 『郭沫若研究資料(上)』(北京 : 中國社會科學出版社, 1982), 514면.

52) 이러한 평가는 과거에는 곽말약에 대한 칭찬이었지만 지금은 비난의 뜻으로 사용되고 있다.

周恩來는 곽말약을 노신魯迅과 비교하여 "노신은 자칭 '혁명군마革命軍馬의 앞에 선 병사'였고, 곽말약은 혁명 대오 속의 사람이었다"[53]고 평가한 바 있다.

과거에는 곽말약의 이러한 이력이 그와 그의 문학의 혁명성과 당성을 입증하는 데 긍정적으로 작용하였지만, 지금은 정반대로 작용하고 있다. 최근 곽말약 재평가와 관련하여 중국 대륙에서 나오고 있는 비판은 주로 그가 '당의 나팔수' 역할을 한 점에 주목하고, 중공당과 중국 정부를 일방적으로 추종하는 가운데 중공당 및 '신중국' 정부와 한 몸이었던 곽말약의 이력이 집중적인 비판의 대상이 되고 있는 것이다.[54]

그런데 곽말약의 이러한 정치적 이력의 토대 가운데 하나가 존재와 세계에 대한 곽말약 특유의 범신론적 상상력이 영향을 미치고 있다고 볼 수는 없는 것일까? 곽말약의 범신론적 상상력을 감안하고 보면, 곽말약이 사회주의 혁명문학을 받아들인 이후 작가는 '무아'가 되고 유성기가 되어 무산계급 혁명사상을 선전해야 한다고 주장하게[55] 된 배경과 '신중국' 성립 이후 곽말약의 정치적 이력을 좀더

---

53) 周恩來, 「我要說的話」, 『郭沫若硏究資料(上)』(北京 : 中國社會科學出版社, 1982), 447면.

54) 곽말약 재평가 과정에서 곽말약을 두고 모택동의 노예였다는 비판이 나오고 곽말약의 일부 학술적 성과가 다른 학자의 연구를 표절하였다는 비판이 제기되었다. 이 경과에 대해서는 劉茂林, 「關於郭沫若的評價及其他」, 『郭沫若學刊』 2001年 第2期(總第56期), 5-7면 및 柯寧, 「評價郭沫若必須采取科學的態度」, 『郭沫若學刊』 2002年 第2期(總第60期), 67-73면 참조.

55) 「英雄樹」, 『全集』 16卷, 46면.

잘 이해할 수 있다는 것이다. 곽말약의 범신론을 하나의 사상이 아니라 하나의 상상력으로 보는 의미가 여기에 있을 것이다.

4

곽말약의
근대의식과 민족의식

1. 새로운 자아의 탄생

나는 천구天狗!

나는 달을 삼키고

나는 해를 삼키고

나는 모든 별을 삼키고

나는 온 우주를 삼킨다.

나는 바로 나다!

나는 달의 빛,

나는 해의 빛,

나는 모든 별의 빛,

나는 X광선의 빛,

나는 전우주 Energy의 총량이다!

나는 날듯 달린다

나는 미친듯 외친다.

나는 불탄다.

나는 불꽃처럼 타오른다!

나는 바다처럼 미친듯 외친다!

나는 전기처럼 날듯 뛴다!

나는 날듯 뛴다.

나는 날듯 뛴다.

나는 날듯 뛴다

너는 나의 가죽을 벗긴다

나는 너의 고기를 먹는다

나는 나의 피를 빤다.

나는 나의 염통과 간을 먹는다

나는 나의 신경 위에서 날듯 달린다

나는 나의 척수에서 날듯 달린다

나는 나의 뇌수에서 날듯 달린다

나는 바로 나다!

나의 나가 터지려한다![1]

위의 인용은 「천구天狗」라는 시의 전문으로, 퍽 문제적인 작품이
다. 미국의 중문학자 이구범李歐梵은 이 시를 두고, "중국시사에서
'나'라는 단어가 이 시에서처럼 자주 나온 경우가 없었다"고 지적한
바 있다.[2] 그러나 이 시가 정작 문제적으로 다가오는 것은 '나'라는
단어가 이처럼 자주 쓰였다는 사실을 넘어 "나는 바로 나다!"는 일종

1) 「天狗」, 『郭沫若全集』(北京 : 人民文學出版社, 1982) 54면.
　　"我是一條天狗呀! / 我把月來吞了 / 我把日來吞了 / 我把一切的星球來吞了 / 我把
　　全宇宙來吞了 / 我便是我了!//我是月底光 / 我是日底光 / 我是一切星球底光 / 我是
　　X光線底光 / 我是全宇宙底Energy底總量!//我飛奔 / 我狂叫 / 我燃燒 / 我如烈火一
　　樣地燃燒! / 我如大海一樣址狂叫!//我如電氣一樣地飛跑! / 我飛跑 / 我飛跑 / 我飛
　　跑 / 我剝我的皮 / 我食我的肉 / 我吸我的血 / 我啃我的心肝 / 我在我神經上飛跑 /
　　我在我脊髓上飛跑 / 我在我腦筋上飛跑//我便是我呀! / 我的我要爆了!"

2) Leo, Ou-Fan Lee, *Romantic Generation of Modern Chinese Writers* (Cambridge : Harvard Univ.
　　Press, 1973), 110면.

의 현실에 대한 자아의 독립 선언을 내포하고 있다는 좀더 깊은 차원 때문이다.

시에서 화자는 나는 다른 무엇도 아닌 바로 나다고 짧고 격한 호흡으로 외친다. 화자인 나는 나 이외의 다른 어떤 것, 예를 들어 윤리강상이나 유가적 종법사회 속의 예禮의 그물을 통해서만 비로소 나의 의미를 부여받는 그런 존재가 더 이상 아니다. 중국 전통 속에서 "나는 누구인가?"라는 물음에 대한 답은 "나는 아버지의 아들이요, 아들의 아버지이며, 동생의 형이고 아내의 남편이다"는 차원에서 찾아진다.3)

이제 곽말약은 "나는 누구인가?"라는 물음에 "나는 바로 나다!"라고 답하고 있다. 나의 존재 근거가 나에게서, 즉 나 스스로에게서 나오며 더 이상 전통의 체계 속에 편입됨으써만 의미를 부여받는 그런 존재가 아니다. 이른바 '자기규정적 주체self-defining subject'이고, "나는 바로 나다"가 근대적 자아 선언으로 읽히는 것은 이 때문이다. 『여신女神』을 지배하는 강렬한 개성과 자아의식은 이런 근대적 개인관의 맥락에 서 있고, 우리가 『여신』의 시편들을 두고 근대시라고 할 수 있는 한 근거도 바로 여기에 있다.

이와 더불어 이 시에서 한 가지 더 주목할 것은 근대적 자아의 표상인 '나'가 거의 무한대의 역량을 지닌 존재라는 점이다. 나는 '전우주 에너지의 총량'이고, 모든 것을 투과하는 'X광선의 빛'이고, 해와 달, 모든 별의 빛이다. 우주의 모든 에너지, 동력으로 충일해

---

3) 李澤厚, 「漫說西體中用」, 『中國現代思想史論』(北京 : 東方出版社, 1987), 318면.

있는 자아는 "타면서 빛과 열을 내고" "바다처럼 소리치고" "전기처럼 날듯 달리"면서 "터지기" 직전이다. 이것은 일종의 자아의 핵폭발이다. 주체할 수 없을 만큼 충일된 에너지에 의해 자아가 터지려는 찰나인 것이다. 이 폭발은 "내 육신을 먹고" "내 피를 빨아 마시고" "내 심장과 간을 씹어" 삼키는 낡은 자아의 자기 해체, 자기 부정에 다름 아니다. 뿐만 아니라 '나'는 해와 달을 삼키고 우주를 삼키는 존재이다.

시에서 자아의 형상이 이처럼 전능全能할 때, 우리는 이런 자아를 신의 다른 이름이라 불러도 좋을 것이다. 신을 대신하여 자아가 모든 우주의 주재자로 강림한 셈이다. 곽말약의 이 같은 신적 자아관은 어디에서 연유하는 것일까? 이에 대한 답을 위해서는 곽말약 전기 사상4)의 핵심을 이루는 범신론에 대한 검토가 필요하다.5)

곽말약은 자신의 범신론에 대한 경사에 대해 이렇게 진술한 바 있다.

타고르의 작품을 즐겼고 괴테의 작품을 즐겼기 때문에 철학상의

---

4) 이 책에서 사용하는 전기, 후기라는 곽말약의 사상에 대한 시기 구분은 마르크스주의 접수 시점(1924년)을 기점으로 한 구분이다.

5) 곽말약의 전기 사상에서 범신론이 차지하는 위치에 대해서 중국 대륙의 연구는 문혁이전에는 범신론이 전기 사상의 핵심이라고 파악했다가 문혁 때에는 범신론을 자산계급 사조로 취급하며 곽말약 전기 사상과 문학에서 그 의미를 축소시켰다. 그러나 문혁 이후부터 다시 범신론의 지위를 복원시키고 있다. 이 경과에 대한 소개로는 黃候興, 『郭沫若文學研究管窺』(天津 : 天津敎育出版社, 1987) 중 「汎神論哲學思想的討論」편 참고.

범신론 사상에 접근하게 되었다. 원래 나에게 범신론적 경향이 다소 있었기 때문에 그런 경향이 있는 시인들을 특히 좋아했는지도 모른다. 타고르 시로 인해 …… 고대 인도의 『우파니샤드』의 사상에 접근하게 되었고, 괴테로 인해 스피노자를 알게 되었고, 스피노자의 저서 『윤리학』, 『윤리학과 정치』, 『이지 세계의 개조』 같은 것들을 직간접으로 많이 읽었다. 외국의 범신론 사상과 접근해 가면서 소년 시절에 좋아했던 『장자』를 재발견했다.[6]

이 진술을 보면 곽말약이 1914년에 일본 유학을 간 뒤, 그곳에서 외국 문학 작품과 철학책을 통해 범신론에 다가갔고, 범신론적 경향으로 인해 『장자』를 재발견, 재인식하게 된 것으로 보인다. 이렇게 하여 생성된 곽말약의 범신론 사상은 적어도 마르크스주의를 접수할 때까지 그의 사상과 문학에서 핵심적 지위를 차지하고, 『여신』의 많은 시편들은 범신론의 영향 아래 씌어졌다. 전기 곽말약 사상에 많은 영향을 끼친 사상가들을 들어 보면, 괴테, 스피노자, 타고르, 공자, 노자, 장자, 왕양명 등이다. 곽말약이 이들 동서고금의 각기 다른 사상가들을 함께 잇는 고리가 바로 범신론이다. 곽말약에 따르

---

6) 郭沫若, 『創造十年』(上海 : 現代書局, 1933년 재판본) 76면. 이하 『創造十年』에서 인용하는 것은 책 이름과 면수만 밝힘.
"因爲喜歡太戈兒, 又因爲喜歡歌德, 便和哲學上的汎神論的思想接近遼起來. 或者 可以說我本是有似汎神論的傾向, 所以在特別喜歡有那些傾向的詩人的.我有太戈兒 的詩 …… 認識了斯賓諾若, 關於斯賓諾若的著書如像他的『倫理學』, 『論神學女政治』, 『理智之世界改造』等, 我直接間接地讀了不少. 因爲和國外的汎神論的思想一接近, 便又把年少時分所喜歡的『壯者』發見了.

면 이들은 모두 범신론자들이다.[7]

그렇다면 곽말약 범신론의 구체 내용은 무엇인가. 범신론에 대한 곽말약 스스로의 진술은 이렇다.

> 범신은 무신이다. 모든 자연은 다 신의 표현이다. 나 역시 신의 표현일 따름이고, 내가 바로 신이다. 모든 자연은 다 신의 표현이다.[8]

곽말약이 괴테의『젊은 베르테르의 슬픔』에 나타난 괴테의 사상에 공명한 것을 설명하면서 언급한 내용으로, 그의 범신론 사상이 농축되어 있는 대목이다. 삼단논법의 연쇄를 풀어보면, 우선 유일신을 부정하면서 모든 것, 자아와 자연이 모두 신이라고 주장한다. 이 논리의 연장선상에서, 그는 "선진 시대에는 모든 산천초목이 다 신의 화신이라 여기고, 사람을 신과 동체로 여겼다"[9]고 진단하는가 하면, "무릇 모든 유신론적 종교 사상은 그 근거가 천박하기 마련이다"고까지 말한다.[10] 이렇게 보면, 그의 시에 나타나는 자아의 신적 전능함은 그의 범신론에서 연역됨을 알 수 있다. 범신론이 곽말약에게 근대적

---

7) 「三個汎神論者」,『全集』1권, 73면과 「中國文化之傳統精神」,『文藝論集(匯校本)』(長沙 : 湖南人民出版社, 1984) 13면 등 참고. 이하『文藝論集(匯校本)』에서의 인용은 글 이름과 면수만 밝힘.

8) 「『少年維特之煩惱』序引」,『創造(季刊)』1卷 1期(創刊號).
   "汎神便是無神. 一切的自然只是神的表現, 自然只是神底表現, 我也只是新底表現, 我卽是神, 一切自然都是我的表現"

9) 「中國文化之傳統精神」,『文藝論集(匯校本)』10면.

10) 「讀梁任公『墨子新社會之組織法』」,『文藝論集(匯校本)』33면.

자아관을 각성시켜 준 것이다.

그런데, 위에서 시「천구」를 대상으로 한 곽말약의 범신론에 대한 검토는 신과 자아의 관계 차원만 본 것이다. 그런데 위의 인용에서 보았듯이 그의 범신론은 신과 자아, 자연 이 셋을 축으로 하여 이루어지는 상관관계이다. 신과 자아가 위와 같이 맺어져 있다면, 나와 자연 사이는 어떠한가.

곽말약은 이렇게 말한다. "사람은 무아無我가 될 때, 신과 합체合體가 되고, 시공을 초월하고, 삶과 죽음이 같이 나란하고" "자아의 자살이 바로 지고의 도덕이다."[11] 이는 곽말약의 전기 작품과 사상 해석과 관련하여 무척 중요한 의미를 지닌다. 곽말약의 이와 같은 주장은 그의 강렬한 자아 선언과 배치되는 것처럼 보인다. 그러나 곽말약 자신에게는 자아가 신이 되는 것과 자아가 무아로 되어 자연과 하나가 되는 것은 동전의 양면처럼 한 존재의 다른 표현일 따름이다.[12] 왜냐하면, 무자아가 되는 것, 곽말약이 자주 사용한 용어로 '망아忘我'가 되는 것은 자아를 신 또는 자연과 일치시키는 것이 되고, 그에게 이는 자연 속에서 자아를 잃어버리는 부정적 의미가 아니라 만물의 근원, 우주의 의지, 존재 그 자체인 우주의 역동적인 힘과 자아를 일치시키는 것이기 때문이다.[13]

곽말약의 영웅주의와 자연에 대한 예찬, 숭배가 잉태되는 곳이

---

11)「『少年維特之煩惱』序引」,『創造(季刊)』, 創刊號.

12) 위와 같음.

13) Leo, Ou-Fan Lee, *Romantic Generation of Modern Chinese Writers* (Cambridge : Harvard Univ. Press,1973), 183면.

바로 이 지점이다. 자아가 신이라는 곽말약 범신론의 한 축에 신과 같은 능력을 구비한 그의 영웅주의가 있는 것이다. 그의 영웅주의는 세계에 대한 반항과 세계를 창조·개척·주재하려는 자아의 오만에 가까운 원대한 욕망으로 표출된다. 이런 자아는 가히 '신적 자아'라고 부를 만하다. 곽말약 자신은 자신의 범신론 사상과 영웅주의에 대해 이렇게 말한 적이 있다. "내게 당시(5·4 시기)에 범신주의적 경향이 있었고, 이점은 아주 쉽게 사람들에게 영웅주의로 오해되었다."[14]

이에 비해 '망아'와 '무아' '자아의 자살'에 대한 강조에 곽말약의 신의 화신인 자연과의 합일, 자연 숭배 논리가 들어 있다. 물론 이는 엄밀한 의미에서 합일이 아니라 자아 해체를 통한 자아의 자연으로의 스며듦이라고 해야 옳다. 적어도 곽말약 스스로의 의미부여 차원에서는 자아가 자연을 숭배하는 것, 하나가 되는 것은 자아가 신의 품에 안기는 차원이다.

곽말약의 시에서 자연이 갖는 의미는 중국 고전 전원시, 산수시에서 즐겨 노래되었던 자연의 소박함이란 차원이 아니다.

> 태양이여! 나를 비추어 내 모든 생명을 붉은 피가 흐르게 해다오!
> 태양이여! 나를 비추어 내 모든 시를 금빛 물거품이게 해다오![15]

---

14) 「作詩談」, 『郭沫若論創作』(上海 : 海文藝出版社, 1983), 218면.
15) 「太陽禮讚」, 『全集』 1권, 100면.
　　"太陽喲! 你請把我全部的生命照成道鮮紅的血流! / 太陽喲! 你請把我全部的詩歌
　　照成些金色的浮漚!"

태양은 시인에게 붉은 피가 선연하게 흐르는 살아 있는 생명을 부여하고, 시인의 영감을 금빛 물거품으로 부풀려 시를 쓰게 하는 원천이다. 그러기에 그는 "태양을 예찬하고" 만일 "태양이 나의 눈길을 저버릴 때 세상은 온통 암흑으로"[16] 변할 거라고 말한다.

끝없는 대자연은
빛의 바다.
어디나 생명의 빛 물결
어디나 신선한 느낌
어디나 시
어디나 미소[17]

대자연에는 빛과 생명이 있고, 그 빛과 생명은 바다처럼 넓고 깊다. 그리하여 시인은 그 바다 같은 자연의 품에 빠지듯 안기어 그 빛과 생명의 세례를 받고 싶은 욕망으로, "그대 품속에서 빛의 목욕을 하고 싶다" 하고, "어서 날 안아 달라!"[18]고 재촉한다.

매화여! 매화여!
나 그대를 찬미하오! 나 그대를 찬미하오![19]

---

16) 위와 같음.
17) 「光海」, 『全集』 1권, 91면.
"無限的大自然 / 成了一個光海了 / 到處都是生命的光波 / 到處都是新鮮的情調 / 到處都是詩 / 到處都是笑."
18) 위와 같음.

시인은 봄날 꽃이 핀 매와 나무 밑에서 그 꽃에 취해 매화를 찬미하고 있다. 그가 보기에 그 매화꽃은 '사랑'이고, '우주의 정수'이며, '생명의 샘물'[20]이다. 이 시에서 시인은 매화꽃의 개화에 대해 곽말약 특유의 범신론적 해석을 가하고 있는데 그것은 다음의 구절이다.

　　나는 나 자신을 찬미하오!
　　나는 자아표현의 이 우주 본체를 찬미하오![21]

매화에 대한 찬미에서 나에 대한 찬미로, 우주 본체에 대한 찬미로 이어지고 있다. 이 이어짐이 가능한 것은 매화가 피는 것을 생명의 표현으로, 곽말약 식으로 말하자면 우주의 일원인 매화 본체의 표현으로 보고 있기 때문이다. 시인은 "봄에 꽃이 없고 / 인생에 사랑이 없다면 / 세상이 어찌되랴"[22]고 우려한다. 시인은 여기서 꽃을 피우는 우주를 찬양하고, 그 꽃을 보고 생명과 사랑과 우주의 정수를 느끼면서 기뻐하는 자신을 찬양하고 있는 셈이다. 그 기쁨과 자연의 생명력이 주는 활력으로 시인은 시의 말미에서 '내 눈앞의 모든 우상'을 향해 "부숴라! 부숴라! 부숴라!"고 "목이 터지도록 노래하고 싶어"[23]

---

19) 「梅花樹下醉歌」, 『全集』 1권, 95면.
　　"梅花! 梅花! / 我讚美你! 我讚美你!"
20) 위와 같음.
21) 위와 같음.
　　"梅花呀! 梅花呀! / 我讚美你! / 我讚美我自己! / 我讚美這自我表現的全宇宙的本體!"
22) 위와 같음.
23) 위와 같음.

한다.

곽말약에게 자연은 생명과 창조의 원동력이고, 자연이 이런 힘을 지니고 있는 까닭은 그것이 신의 표현, 즉 우주 본체의 표현이기 때문이다. 때문에 곽말약의 자아는 자연을 찬미하고, 그것에서 생명의 힘을 얻고, 자연의 창조 정신을 배우려 한다. 곽말약에게 자아와 자연을 일치시키는 것이란 자연 속에서 자아를 잃어버린다는 부정적 의미가 아니라 우주의 생명력, 혹은 신의 표현인 자연과 하나가 되는 일이고, 여기서 그의 자연 찬미와 숭배가 발원하는 것이다.

2. '운동'과 '진화'로서의 존재와 세계

1920년대 곽말약의 사유 체계에서 특징적인 것 중의 하나는 특정 전통 사상과 서구의 근대적 가치체계에서 공통점을 적출하여 그것을 하나로 통합시킨다는 점이다. 1920년대 초에 그는 노자, 장자, 공자, 왕양명王陽明, 타고르, 스피노자, 괴테를 범신론의 차원에서 통합시켰고, 마르크스주의자가 된 뒤 1925년에는 「마르크스의 공자 방문기(馬克思進文廟)」[24]라는 글에서는 현세에 대한 관심과 대동사회 추구라는 면에서 공자와 마르크스 사상 사이의 공통점을 찾았다.

물론 곽말약이 전통 사상과 근대 사상의 결합을 시도할 때, 주가되는 것은 근대 사상이다. 근대 사상을 주로 삼아 근대적 관념의 지평 위에서 중국 전통 사상에 들어 있는 역동적 요소를 선택적으로 발굴

---

24) 「馬克思進文廟」, 『全集』 10권, 161면.

하는 것이다. 이 과정에서 전통 사상 중 어떤 부분은 각색과 윤색이 일어나고, 그럴 때 전통은 이미 곽말약의 근대 의식에 의해 새롭게 해석되고, 개조·전화된 전통이다.

물론 1920년대 중국 사상계를 볼 때, 곽말약 혼자만이 이처럼 전통에 대한 재해석 및 그것을 근대 의식으로 전화시키는 작업을 진행한 것은 아니다. 곽말약 외에도 이 방면의 대표 주자라 할 호적胡適이 있었고, 그를 이어받은 고힐강高頡剛도 있었다. 1920년대 진행된 이른바 '국고國故 정리' 운동이라는 중국 민족 유산에 대한 정리와 재해석 운동이 그것이다.

1920년대 '국고 정리' 운동의 목적은 전통으로의 회귀가 아니었다. 그것은 고힐강의 표현에 따르면, "현재를 위해 어떤 것이 보존될 수 있는가는 현재의 필요성 그리고 그것들이 현재 어떤 가치가 있는지에 따라 좌우되어야" 하는 '위대한 파괴' 행위였다.[25] 호적 역시 그의 박사학위 논문 「중국에서의 논리학적 방법의 발전」에서 이렇게 얘기했다.

> 근대 구미의 사상체계와 유기적으로 연결될 수 있는 (중국의) 동질적인 부분을 찾아내고, 나아가 낡은 것과 새로운 것의 내부적 융합을 기초로 하여 우리의 과학과 철학을 새롭게 정립시킨다.[26]

---

25) 로렌스 슈나이더Laurence A. Schneider, 「國學運動과 中國의 新史學」, 민두기 편, 『중국의 역사인식(하)』(창작과비평사, 1985) 676면 참고.

26) 로렌스 슈나이더, 위의 논문, 678면.

결국 이들이 목표한 것은 근대적 세계관의 확립이었고, 그를 위해 전통적 세계관 가운데 근대 의식으로 개조, 전화될 수 있는 요소를 발굴하려, 그들 용어에 따르면 '정리'하려 했던 것이다.

1920년대 진행된 중국 민족 유산에 대한 정리 작업이 관심을 끄는 것은, 근대 의식에 기반을 두고 진행하는 전통에 대한 재해석 작업을 추적함으로써 역으로 재해석 주체의 근대 의식 형성과정을 엿볼 수 있다는 점 때문이다. 그들이 전통을 재해석하는 눈, 재해석 과정에서 일어나는 전통적 해석과의 균열 등을 분석함으로써 그들이 어떻게 근대 의식을 수용하고, 그것을 형성시켜 나갔는지를 해명할 수 있는 것이다.

곽말약이 1920년대 초반에 주로 관심을 가졌던 전통 사상은 유가와 노장 사상이다. 그가 원시 유가와 노장에 대한 관심을 갖기 시작한 것은 중국 전통문화의 가치에 대한 절박한 인식 보다는 외래 사상에 의해 형성된 범신론 때문이었다. 동경 유학 시절에 노장 사상에 기울게 된 계기에 대해 그는 이렇게 설명한다.

국외의 범신론 사상에 접근하게 되면서 소년 시절에 즐기던 『장자』를 재발견하게 되었다. 중학시절부터 나는 『장자』를 즐겨 읽었지만, 단지 그 글의 분방함을 즐겼을 뿐, 그 글에 담긴 사상은 잘 알지 못하였다. 그런데 국외의 사상과 참조해보고는 실로 '하루아침에 훤히 탁 트이는' 정도에 이르게 되었다.[27]

---

27) 『創造十年』 77면.
　　"因爲和國外的汎神論的思想一接近, 便又把年少時分所喜歡的『莊子』發現了. 我

곽말약은 서구의 범신론에 의해 장자의 사상을 다시 발견하게 된 것이고, 그가 공자와 왕양명의 사상을 흠모하게 된 동기도 마찬가지다. 그가 노장과 공자, 왕양명의 사상에 다시 관심을 갖기 시작한 때가 1916년 가을이다. 바로 곽말약이 타고르와 인도의 우파니샤드 철학, 스피노자, 괴테를 통해 그의 범신론 사상을 형성하던 무렵이다. 그의 전통 사상에 대한 관심이 범신론에 의해 촉발된 까닭에 그의 노장, 공자, 왕양명에 대한 재해석은 모두 범신론의 지평 위에서 이루어지고, 곽말약에 따르면 그들은 모두 범신론자다. 즉 노장, 공자, 왕양명의 사상과 범신론을 일치시키는 것이다.

1920년대 초에 곽말약은 "도道는 우주의 실체이고, 우주 만물이 나고 사라짐이 모두 도의 작용의 표현이다"고 말한다.[28] 그는 이 본체론에서 연역하여 만물을 도의 표상이라 본다. "우주의 모든 것은 이 '도'의 표상이고, '나'도 '도'의 표상이다. 나와 '도'는 둘이 아니다. 본체가 불멸하기 때문에 나도 불멸하다. 본체가 무궁하기 때문에 나도 무궁하다."[29] 이 점에 있어서는 노자나 공자나 같다. 곽말약의 이 공자 해석에 따르면, 도와 신神은 본체라는 면에서 같은 의미다. 이 논리의 연장선상에 설 경우 "우주의 모든 것은 '도'의 표상이고, '나'도 '도'의 표상이다"는 중국 전통적 우주론, 실체론은 "모든 자연은 신의 표현이다. 나도 신의 표현일 따름이다"는 범신론 사상과 등

在中學堂的時候便喜歡讀莊子, 但只喜歡那文章的汪洋恣肆, 那裏面所包含的思想, 是很茫昧的. 待到一和國外的思想參證起來, 便眞是到了'一旦豁然而貫通'的程度.

28) 「中國文化之傳統精神」, 『文藝論集(匯校本)』 11면.

29) 「惠施的性格與思想」, 『文藝論集(匯校本)』 52면.

가이게 된다.

그런데 한 가지 주목할 것은, 그가 공자와 왕양명의 사상을 얘기하며 범신론 앞에 수사를 붙여 '동적 범신론' 혹은 '동적 진취적 범신론'이라고 명명한다는 점이다. 그는 중국 문화의 본래 정신이 본래 동적이고, 진보적이라고 규정하는가 하면, 공자의 인생철학은 '동적 범신론적 우주관'이며, 공자의 교육법은 '동적 능동주의'라고 해석한다. 왕양명이 위대한 것도 이러한 유가 정신을 부활시켰기 때문이다.[30]

곽말약이 유가 사상에서 '동적인' 정신과 그가 표현한 '자발주의'를 강조하는 것은 일면 유가 사상이 지닌 특성, 즉 사람의 주의주의적인 주관적 능동성을 강조하는 유가 학설의 본질적 특성을 강조하는 것으로 보인다. 이렇게 되면 그의 유가 해석은 정통적 해석의 자장 내에 있다. 곽말약이 강조하는 유가의 동적, 진취적인 정신 강조가 유가 본질에 대한 그의 인식에서 나오는 것인지, 아니면 다른 차원에서 유래하는 것인지를 확정하기 위해서는, 다시 우주 본체인 '도'에 대한 그의 부연 설명을 점검하는 것이 필요할 것이다.

곽말약은 우주의 본체인 '도'는 끊임없이 운동한다고 풀이한다. 그가 '도'와 '역易'을 같은 우주 본체의 다른 이름이라 하는 것도 이 때문이다. 그는 이 본체론을 바탕으로 "모든 존재는 동적 실재의 표현이다"고 말한다.[31] 이렇게 되면, 논리적으로 볼 때, "본체(道)의 표상인 '나'와 만물은 동적 실재인 본체를 따라 끊임없이 운동하는 것

---

30) 「中國文化之傳統精神」과 「偉大的精神生活者王陽明」참조.
31) 「中國文化之傳統精神」, 『文藝論集(匯校本)』16면.

이 그 본성이다"로 귀결된다. '운동(動)'이 만물의 근원 속성으로 되는 것이다. 그래서 곽말약은 왕양명의 철학을 해석하면서 이렇게 말한다. "'운동(動)'이 있어야 만물이 있고, 만물이 흘러 이동하는 것이 만물의 동태이다."32)

존재의 끊임없는 운동과 흐름이란 사실 중국인들에게 매우 낯익은 사유이다. 중국 전통 철학 속에, 중국인들의 전통적 세계관 속에 절대적인 정지나 부동의 개념이란 존재하지 않는다. 이 점에서 볼 때 곽말약의 우주 질서 이해는 전통적이다. 그런데, 곽말약은 이러한 '도'의 운동이 발전을 향해, 진보를 향해 열려 있다고 풀이한다. 그의 공자 철학 해석을 다시 보자.

> 본체는 모든 것을 포함하고, 부단히 진화하며, 본체는 나날이 '선善'을 향해 스스로 새로워진다. 그러나 본체의 이러한 '선'을 향한 진화는 신의 의식적 발로가 아니라 신의 본성, 즉 본체의 필연성이다."33)

이를 그의 본체론과의 연관 속에서 다시 풀자면, 우주 본체인 도는 끊임없이 운동하는데, 그 운동은 '선'을 향해 쉼 없이 진화하고 새로워지는 운동이고, 이러한 진화를 위한 운동은 우주의 근본 법칙, 즉

---

32)「偉大的精神生活者王陽明」,『文藝論集(匯校本)』60면.
33)「中國文化之傳統精神」,『文藝論集(匯校本)』12면.
　　"本體含有一切, 在不斷地進化着, 依兩種相對的性質進化着. 本體天天在向善自新
　　着. 然而本體這種向善的進化, 在孔子的意思, 不是神的意識之發露而是神的本性,
　　卽本體之必然性."

본체의 필연성에 따라 그러하다는 것이다. 이 맥락에서 그는 왕양명 철학을 해석하면서 "만물은 천리의 흐름을 따라 차차 완성을 향한 길에서 진화한다"고 규정한다.[34]

곽말약이 보기에 "완성을 향한 길에서 진화하기" 위해 중요한 것은 자강불식自强不息을 통해 자기를 단련, 정진시키는 것과 나날이 새로워지려는 일신우일신日新又日新의 정신이다. 곽말약이 생각하는 이상적인 인격은, 첫째 끊임없는 노력과 자기 정진을 통해 신과 같은 지극한 경지에 이르고, 둘째 "천하를 자기 임무로 여기며 사해동포를 구하기 위해 살신성인하는 지극한 마음을 가지고서" 외부 세계와 분투하면서 자아를 확충하는 것이다.[35] 그가 공자와 괴테를 찬양하는 것은 이런 이상적 인격을 체현한 성인으로 그들을 보기 때문이다. 그는 공자를 괴테에 비기면서 이렇게 평한다.

> 이(공자의 삶)는 무익한 허영심이 아니며, 참된 '자강불식'의 길이다. 그에게 인생은 끊임없는 노력의 도정이었고, 괴테가 생각했던 바대로 '일과 일의 연쇄'였다. 휴식의 관념은 그에게 죽음이고, 무덤이었다.[36]

---

34) 「偉大的精神生活者王陽明」, 『文藝論集(匯校本)』 63면.

35) 위와 같음.

36) 「中國文化之傳統精神」, 『文藝論集(匯校本)』 15면.
   "這不是無益的虛榮心, 是眞的自强不息之道, 人生在他是不斷努力的道程, 是如歌德所思業與業之連鎖. 休息的觀念在他是死, 是墳墓."

그의 왕양명에 대한 찬양 역시 같은 맥락이다. 그는 왕양명은 자강불식의 분투주의를 체현한 사람이었다면서, 그의 일생을 부단한 자아 확충과 환경과의 분투 과정으로 요약한다.[37] 요컨대, 곽말약은 '도' 운동을 완성을 향한 진화·발전하는 것이라 풀이하고 있고, 그 진화·발전을 통해 완전에 이르기(사람의 경우는 그의 표현에 따르면 신과 같은 경지인 지인至人에 도달하기) 위해서는 자강불식의 분투정신과 끊임없이 새로워지는 정신이 필요하다고 보고 있다. 이것이 '천리天理' 즉 우주의 이치라는 것이다.

이 당시 곽말약은 유가의 '인간 의지론'에 깊이 영향을 받고 있었다는 것은 분명해 보인다. 유가에서 "인간이 도를 넓혀 가는 것이지, 도가 인간을 넓히는 것이 아니다"[38]는 주의주의적인 인간론을 배워 외부 환경과 분투하면서 자기를 완성해 가는 자립적 주체를 강조한다는 점에서 그렇다.[39]

그런데 문제는 곽말약의 '도' 해석, '도'의 운동을 주기적 '변화'로 해석하는 것이 아니라 '완성'이나 '선' '지인至人'같은 궁극 목적을 향해 진화·진보하는 것이라 풀이한 데에 있다. '도'의 운동에 대한 이러한 곽말약의 해석은 중국의 전통적 세계관과 대차가 있다. 중국의 전통적 세계관에서 '도'는 그 안에 내재하는 대립적인 힘인 '음'과 '양'의 무한 운동 과정 속에 있다.

---

37) 「偉大的精神生活者王陽明」, 『文藝論集(匯校本)』 57-58면.

38) 『論語』 「衛靈公」 "子曰, 人能弘道, 非道弘人."

39) 이 같은 유가적 인간관과 이러한 인간관이 이대교, 모택동 등 중국 근대 지식인들에게 미친 영향에 대해서는 송영배, 『중국사회사상사』(한길사, 1986), 359-480면 참조.

우주의 본체인 도는 끊임없이 운동하고 변화하지만, 이 도의 운동과 변화는 기본적으로 주기적이고, 순환적이다. 자연계에서도 그렇고, 사회적 영역에서도 그렇고, 사람의 신체에서도 그렇다. 이 주기적 형태의 관념에 일정한 구조를 부여한 것이 바로 '음'과 '양'이다. "한번은 음이 되고, 한번은 양이 되는 것이 도이다(一陰一陽之謂道)."40) 이 음과 양의 주기적 순환이 만물의 본성이고, 발전은 이 주기적 순환의 틀 내에서 이루어지며, 또 그래야 한다. 때문에 노자老子는 "다시 돌아감이 도의 운동이다(反者道之動)"고 한 것이다.

곽말약 역시 "한번은 음이 되고, 한번은 양이 되는 것을 도라 한다. 이 도를 계속 이어가는 것이 선善이고, 이것을 이루는 것이 성性이다"는 『주역』의 문장에 주목하고 있다. 그러나 그가 여기서 주목하는 것은 음과 양의 '변화'와 '선'을 위한 '진화'일 따름이고, 도의 운동이 '주기적' '순환적' 변화라는 점은 무시하고 있다. 도의 운동, 즉 변화變化가 직선적인 발전을 의미하는 것이 아니라는 점이 간과되고 있는 것이다. 이 점은 그가 노자와 공자의 본체관을 비교하면서 공자의 본체관에 찬동하는 것에서도 나타난다.

> 1. 노자의 눈에는 무목적의 기계적 본체이나, 공자는 선을 진화의 목적이라 여긴다.
> 2. 노자는 신의 관념을 부정했지만, 공자는 본체가 바로 신이라고 여긴다.41)

---

40) 『周易』「繫辭」.

여기에는 도의 순환이 거세되고, '선'을 위해 진화한다는 관점만이 남아 있다. 곽말약에게 이 '역易' '도道'가 갖는 '음'과 '양' 사이의 운동과 변화를 주기적 순환이 아니라 직선적 진화로 해석하는 것은 중국의 전통적 세계관이 곽말약의 세계관 속에서 다시 번역되면서 일어나는 변형이다. 이러한 변형이 일어나는 것은 물론 단순한 오역이나 전통에 대한 이해 부족 때문으로 치부할 수도 있다. 이 경우에 가장 쉽게 찾을 수 있는 답은 곽말약의 전통에 대한 소양 부족일 것이다. 그러나 이는 곽말약이 어려서부터 쌓은 중국 고전에 대한 교육과 이해를 감안한다면, 그 가능성이 희박하다.

> 초학 때 배운 것은 『시품』, 『당시』, 『천가시』였다. 이런 것들을 다 배운 뒤 『시경』, 『서경』, 『역경』, 『주례』, 『춘추』, 『고문관지』를 배웠다. 연구聯句짓기는 여섯 살부터 배웠고, 첩시 짓기는 일곱 살부터 배웠다. (중략) 황제의 평어가 있는 『통감』을 문장부호를 찍어가며 읽는 것도 일과의 하나였고, 황제의 평어까지 베꼈다.[42]

이뿐만 아니라 그는 중학 시절에 『사기』, 『장자』 등 거의 모든 고전을 섭렵한다. 이렇게 볼 때, 곽말약의 고전에 대한 소양이나 이해 부족에서 오역이나 곡해가 일어날 가능성은 희박하다. 보다 타당한

---

41) 「中國文化之傳統精神」, 『文藝論集(匯校本)』, 12면.
   "1.在老子眼中是無目的與機械的底本體, 在他是以善爲進化之目的. 2.老子否定了神的觀念, 他認本體卽神."
42) 郭沫若 저, 한국선 옮김, 『학생시대』(일월서각, 1990), 2면.

해석은 근대적 의식에 의해 일어나는 전통의 전화로 해석하는 일일
것이다. 더구나 곽말약뿐만 아니라 이대조李大釗나 모택동 등에서도
중국 전통적 세계관의 근대 의식으로의 전화 과정에서 곽말약과 유
사한 경우가 발생한 바 있다.[43]

'도'의 운동을 진화론적 운동으로 해석하는 곽말약 무의식의 뿌리
를 탐색하려면 먼저, 이 당시 대부분의 중국 지식인들의 의식 속에
일어나고 있는 전통적 세계관과 근대적 세계관 사이의 균열과 모순,
갈등에 주목해야 한다.

중국 근대에 중국 지식인들의 사고 속에서 일어나는 가장 중대한
변화 중의 하나는 시간과 역사관의 변화이다. 서구의 경험으로 볼
때, 계몽 이전에는 '완전Perfektion'을 지향하는 목적론이 지배적이었
다면, 계몽 이후에는 '완전성Perfektibilität'을 향한 목적론이 나타나
게 된다. 이 둘의 차이는 계몽 이전에는 목적이 경험 이전에 기계적으
로 결정되는 자연적이고도 객관적인 관점이었다면, 계몽 이후에는
목적이 경험 속에서 끊임없이 유보되는 역사적이고도 주관적인 관점
으로 나타나게 되는 것이다.

---

43) 李大釗와 毛澤東의 근대 의식(마르크스주의 포함)에는 강한 전통적 사유 방식이
남아 있는데, 그 대표적인 것은 유가의 주관적 능동성 강조와 장자의 모순의 강조이
다. 이 둘이 장자에게서 배운 것은 사물의 끊임없는 변화였다. 그런데 이 두 사람이
사물의 운동을 해석하는 데 있어서 다 같이 만물은 모순 대립 속에서 발전한다는
사물의 변화와 운동만을 강조할 뿐, 전통적이 변화의 주기성, 순환성을 거세시키고
있다. 말하자면 그들의 모순의 대립을 통한 발전은 헤겔 변증법 식이다. 그들의
발전관은 무궁무진으로 열려 있는 직선적 발전관이다. 또한 그것은 불가역적인 발전
관이다. 이에 대해서는 송영배, 앞의 책, 참조.

말하자면 계몽 이후 근대에서는 완성 자체보다는 완성되지 않았지만 무한한 접근을 통해 목표를 향해 나가는 과정을 강조하게 되며, 이러한 과정은 다름 아닌 '직선과 진보'라는 일직선적이고도 연속적인 시간 과정을 의미한다. 모든 것과 역사는 완전한 것이 아니라 완전을 향한 무한 과정에, 직선적인 발전의 무한 과정 속에 위치하게 된다.

한편, 중국의 전통적 역사관은 상고尚古적이고, 발전관은 '도'의 주기적 순환이 암시하듯이, 존재라는 수레바퀴가 끝없이 반복·순환하는 발전관이다. 중국의 전통 역사관을 '상고尚古'라고 할 때, 여기에서의 '고古'에는 이념적 시간으로서의 '고'라는 개념과 역사적 시간으로서의 '고'라는 개념이 함께 들어 있다.[44]

공자의 경우 그가 이상적으로 생각했던 것은 주나라 시대였고, 그가 노력을 기울였던 것은 주나라 시대의 체제와 가치로 다시 돌아가자는 복고적인 것이었다. 노자의 경우는 이보다 더해 일종의 반문화주의로 나아갔다. 또한 중국의 전통적인 본체론에 따르면 모든 만물은 본체인 '도'를 따라 음과 양이 주기적으로 순환한다. 이렇게 주기적으로 순환하는 역사는 어떤 본질적인, 궁극적인 목적을 가지

---

44) 중국의 전통적 시간관과 역사의식에 대해서는 민두기편, 『중국의 역사인식(상)』(창작과비평사, 1985)에 실린 다음의 논문들을 참조. 조셉 니담, 「중국과 서구에서의 시간과 역사」, 민두기, 「중국에서의 역사의식의 전개」, 고병익, 「유교사상에서의 진보관」. 중국인의 전통 시관관과 이와 결부된 역사 발전관 문제에 있어, 영국의 조셉 니담 Joseph Needam은 중국의 시간관과 역사의식이 서구 기독교의 역사적 시간관념과 같은 직선적인 것이라고 주장한다. 그러나 이 주장은 민두기의 적절한 비판대로 "중국의 역사의식에 직선적 사고가 분명 있었음을 밝히는 것은 중요한 일이지만 그것이 중국 역사의식의 전체상인가?"라는 점이 충분히 고려되지 않고 있다.

지 않는다.

그런데 근대에 들어 이런 전통적 역사관과 대조적인 서구의 직선론적 역사발전관이 들어오게 되는데, 그 계기는 무엇보다 진화론을 통해서였다. 진화론이 들어온 이후 사람들은 우주는 순환 반복하는 것이 아니라 끊임없이 진화하고, 완전한 사회는 진화의 최후 단계에 있다고 여기게 되었다.[45]

민족의 위기 속에서 중국인들은 진화론을 통해 이상 시대는 과거에 있는 것이 아니며 미래에 걸려 있다는 것을 배우기 시작했고, 역사는 '일치일란一治一亂'이나 "나뉜 지 오래되면 합해지기 마련이고, 합해진 지 오래되면 나뉘기 마련이다(分久必合, 合久必分)" 식으로 순환하지도 않으며, 과거의 영원한 중복도 아니라는 것, 완전성을 향해, 앞을 향해, 위를 향해 직선적으로 발전한다는 사실을 배워야 했다. 이제 과거가 현재와 미래를 조직하는 것이 아니라 현재와 미래가 과거를 조직한다. 시간은 더 이상 반복하지 않으며, 더구나 역류하지도 않는다. 이제 시간은 끊임없이 교차하는 현실을 넘어 미래의 지평으로 무한히 열려 있고, 그것은 화살처럼 불가역적이다.

중국의 전통적인 순환론적·퇴보론적 역사관과 진화론이 서로 맞부딪쳤다. 약육강식 및 생존경쟁이 조화를 귀중하게 여기는 정신(和爲

---

45) 이러한 역사관의 변화를 金觀濤는 '퇴화 사관에서 진화사관'으로의 변화라고 정의한다. 전통적인 사유에 따르면, 유가적 '대동사회'란 과거에 존재했던 것으로 여겨졌으나 이제는 유토피아가 미래에 있다고 생각하는 사고가 사회적 다윈주의에 의해 촉발되었다는 것이다. 金觀濤, 「中國文化的烏托邦精神」, 『二十一世紀』, 1992년 12월호 참조.

貴), 유약함은 도의 작용(弱者道之用)이라는 정신과 서로 모순·충돌하는 상황[46]이 중국 근대에서 벌어졌다. 그 결과는 전통적 역사관이 서구의 직선적 발전관으로 대체되는 것이었다.[47]

그러나 곽말약의 경우는 서구 근대성의 유입, 혹은 이식 과정에서 중국 전통적 세계관과 근대적 세계관 사이에서 일어나는 모순이 도의 운동에 대한 근대적으로 전화된 해석 속에서 해소되고 있다. '도'의 운동이 갖는 운동의 주기성, 순환성이 하나의 '완전성'이라는 궁극 목적을 향한 앞으로의, 위로의 진화로 해석됨으로써 중국 전통적 역사관, 발전관과 서구 근대의 진화론적 발전관 사이의 모순이 해소되는 것이다. 이는 역사의 미래를 위해 새로 이식된 서구 근대성에 의해 이루어지는 전통의 재조직, 또는 전화이다.[48]

이 과정에서 자강불식과 '일일우일신日日又日新,' 자아 확장이라는 유가의 덕목이 서구에서 수입된 진화론 관념 속에서 근대정신으로

---

46) 李澤厚, 「試談馬克思主義在中國」, 『中國現代思想史論』(北京 : 東方出版社, 1987), 148면.

47) 이러한 역사관의 변천에 대해서는 吳曉明, 「二十世紀中國文化在西方面前的自我意識」, 『二十一世紀』, 1992年 12月 號(第14期)와 Leo Ou-fan Lee, "Modernity and It's Discontent's : The Cultural Agenda of the May Fourth Movement" 『學人』 4집, 493-536면 참조.

48) 이러한 재조직, 전화는 곽말약의 의식 내에서 매우 자연스럽게 이루어지는데, 이는 무엇보다 범신론의 영향 때문일 것이다. 5·4 당시 대부분의 중국 지식인들이 서구 근대의 시간관과 역사관에 의거해 전통의 절대 부정을 주장하며, 유가 타도를 외칠 때, 곽말약이 그들을 "난폭한 논의를 떠벌이는 신인"(「中國文化之傳統精神」, 『文藝論集(匯校本)』 13면)이라고 비판할 수 있었던 것은 근대적인 것과 전통적인 것을 범신론의 지평 위에서 순조롭게 접목시키고 있기 때문이다.

전화되고, 궁극 목적을 향한 앞으로의, 위로의 단선 진화라는 관념이 새로운 역사의식으로 부상한다. 이제 존재와 세계는 '운동'하고 '진화'하는 것이 그 원리가 된다. 존재는 진보를 위해 미래로 화살처럼 흐르는 시간 속의 존재로 역사화되고, 가치와 관심의 중심이 미래로 이동한다. 이 관념 속에서는 과거보다는 현재가, 현재보다는 미래가 훨씬 중요하다.

곽말약 특유의 '새로움과 광명, 진보를 위한 향상의 맹진'[49]은 이러한 '미래지향적 사고, 끊임없는 변화에 의한 진보, 흐르는 시간적 과정으로서 궁극적 목표를 향해 끊임없이 접근하는 역사'라는 근대 의식을 바탕으로 하여 진행되며, 이는 또한 그의 이상주의가 싹트고 자라는 토양이기도 하다. 더구나 곽말약이 진단하는 당시의 비극적 현실은 이와 같은 그의 욕망과 이상주의를 더욱 가열시킨다.

1920년대 곽말약의 현실 인식은 매우 비관적이고, 어둡다.

> 끝없는 우주는 쇠처럼 차가워라!
> 끝없는 우주는 칠흙처럼 어두워라!
> 끝없는 우주는 피처럼 비려라!
> (중략)
> 아아!
> 이 어둡고 더러운 세상에선
> 금강석으로 벼린 검도 녹이 슬리
> 우주여, 우주

---

49) 陳永志, 『郭沫若思想整體觀』(上海 : 上海文藝出版社, 1992) 128면.

내 마음껏 그대를 저주하노라

그대 피고름 투성이 도살장이여!

슬픔 가득한 감옥이여!

귀신들 떼지어 아우성치는 무덤이여!

악마들이 우글거리는 지옥이여!

대관절 무엇 때문에 존재하느냐?[50]

현실 세계는 감옥, 도살장, 무덤, 지옥이며, 차갑고, 어둡고, 비리다. 현실을 지배하는 것은 죽임의 힘과 반생명의 은유들이다. 시인에게 현실은 생명의 공간이 아니라 생명을 도살하는 곳이고, 생명의 무덤이다. 현실에 대한 절대 부정이 극에 이르러 있다. 그러기에 시인은 현실을 향해 "대관절 무엇 때문에 존재하느냐?"며 그 존재 의미 자체를 회의하고, 부정하려 든다.

이러한 현실은 곽말약이 보기에 파괴하고 청산해야 할 대상 이외에 다름 아니다. 곽말약에 따르면 낡은 것의 파괴와 청산이 없이는 발전이란 기약될 수 없다. 곽말약은 이를 이렇게 말한다. "광명의 전에는 혼돈이 있고, 창조의 전에는 파괴가 있다. 새 술은 헌 부대에 담을 수 없다."[51] 그에게 파괴란 창조의 어머니다. 그의 이러한 인식

---

50) 「鳳凰涅槃」, 『全集』 1권, 36-37면.
　　 "茫茫的宇宙, 冷酷如鐵! / 茫茫的宇宙, 黑暗如漆! / 茫茫的宇宙, 腥穢如血! / (중략)
　　 /啊啊! / 生在這樣個陰穢的世界當中 / 便是把金鋼石的寶刀也會生銹! / 宇宙呀,
　　 宇宙 / 我要努力地把你咀呪 / 你膿血汚穢着的屠場呀! / 你悲哀充塞着的囚牢呀!
　　 / 你群鬼叫號着的墳墓呀! / 你群魔跳梁着的地獄呀! / 你到底爲甚麼存在?"
51) 「我們的文學新運動」 『全集』 16권, 5면.

은 일종의 불연속적인 발전관이다. 곽말약은 완전을 향한 쉼 없는 진화라는 발전관을 가지고 있지만, 그는 이 발전·진화가 불연속적으로 이루질 수밖에 없다고 여기는 것이다. 말하자면 기성의 것, 낡은 것과의 단절과 그것들에 대한 파괴, 청산 없이는 새로운 발전이나 새로운 창조가 기약될 수 없다는 사유 방식이다.

이런 사유 방식은 현재나 미래를 새로운 기원으로 보고, 그 새로운 기원은 필연적으로 과거보다 진보적이기 마련이라고 생각하려는 데서 기원한다. 진보의 차원에서 새로운 것의 탄생을 위해 낡은 것은 청산되어야 하고, 새로운 것은 낡은 것에서 나올 수 없다. 신 / 구는 이러한 진보의 길에서 철저하게 대립적일 수밖에 없다. 파괴가 곧 창조이다. 아니 파괴 없이는 창조가 있을 수 없다.

이는 과거보다는 현재에, 현재보다는 미래에 절대적 가치는 두며, 목적론적 진보를 절대 진리로 여기는 것으로, 물론 이러한 인식을 낳는 모태는 끊임없는 변화에 의한 직선적 진보에 대한 열망과 그것의 절대화에 있다. 직선적 진보라는 새로운 이름의 신의 권위를 빌어 파괴, 혁명이 절대선으로 찬양되는 것이다. 이는 근대성에서 연유하는 전형적인 근대적 사유의 하나라 할 것이다. 곽말약은 파괴와 혁명을 찬양하고 그를 통해 광명의 미래를 추구한다. 이제 유토피아는 과거에 있는 것이 아니라 미래에 있고, 그 건설을 위해 파괴하고 창조해야 한다.

해부하라, 해부하라, 어서 어서 해부하라!

어서 썩어빠진 살갗을 도려내라!

어서 쓸모없는 육신을 떼어내라!

어서 더러운 티를 몰아내라!

어서 죽은 심장을 파괴하라!

어서 마비된 신경을 잘라내라!

어서 썩은 머리를 깨뜨려라!

도려내라! 떼내라! 몰아내라! 잘라내라! 깨뜨려라!

어서! 어서! 어서!

어서 신생명의 환영가를 불러라!

나라를 고치고 사람을 고치는 신약품이 탄생하리라!52)

　새로운 것과 낡은 것이 철저하게 대립하고 있는 가운데, 시의 화자
는 낡은 것을 완전히 해부하여 도려내고, 파괴하고, 잘라내라고 외친
다. 그렇지 않고서는 새로운 생명의 탄생을 기약할 수 없다고 시인은
생각하는 것이다.

　곽말약의 대표작 중의 하나인「봉황열반」에는 곽말약의 불연속적
인 발전관이 가장 극명하게 드러나 있다고 할 수 있을 것이다.「봉황
열반」은 앞의 인용에서 보았듯이 현실에 대한 가차없는 부정뿐만이

---

52)「在解剖室」,『學燈』1920. 1. 22.
　"解剖呀! 解剖呀!,快快解剖呀! / 快把那陳腐了的皮毛分開! / 快把那沒中用的筋骨
離解! 快把那汚穢了的血液驅除! / 快把那死了的心肝打壞! / 快把那沒感覺的神經
宰離! 快把那腐敗了的腦筋粉碎! / 分開!離解!驅除!打壞!宰離!粉碎! / 快!快!快! /
快唱新生命的幻影歌! / 醫國醫人的新黃岐快要誕生了!"

아니라 새로운 세계에 대한 갈망, 새로운 세계를 창조하기 위해 동원되는 기제機制 등을, 봉과 황의 죽음과 부활이라는 매우 극적인 구조를 통해 보여준다. 현실의 불모성을 고발하고 거부하면서, 이를 초월한 반세계의 상을 설정하고 그 안에서 연출되는 화해로운 이상적 삶을 노래한다. 전형적인 '낭만적 이분법'에 기초한 이「봉황열반」이란 시에서 죽음은 낭만적 이분법의 교차점, 즉 현실과 이상의 교차점에 위치한다. 이 교차점에 위치한 죽음이라는 매우 독특한 기제로 상징화된다.

시에서 봉황은 죽음의 공간인 현실에서 비가를 부르며 죽어간다. 그런데 이 봉황은 "새벽 밀물이 밀려 들고" "죽었던 빛이 되살아" 날 때 다시 부활한다.

봄의 밀물이 밀려들어
봄의 밀물이 밀려들어
죽었던 우주 되살아난다.

삶의 밀물이 밀려들어
삶의 밀물이 밀려들어
죽었던 봉황 되살아난다.

우리 되살아났다
우리 되살아났다.
모두가 되살아났다.

모두가 되살아났다.[53]

이렇게 새로운 삶은 얻은 봉황은 생명감이 넘쳐, "우리는 신선하고 / 우리는 깨끗하고 / 우리는 아름답고 / 우리는 향기롭다"[54]고 노래한다. 이 시에서 죽음은 새로운 탄생을 위한 계기이자 철저한 자기 부정의 기제로 작동하고 있다. 죽음이 생의 종말이나 비극적 현실에서 자포자기한 채로 어쩔수없이 내몰리게 되는 도피의 차원이 아니라 자기 부정 내지는 자기 혁명의 기제라는 적극적인 의미인 것이다.

때문에 이 시에서 죽음은 어디까지나 생의 영역 안에 위치하고, 보다 더 발전된 삶, 새로운 삶을 위한 기제의 뜻을 갖는다. 이러한 죽음의 상징은 시인 자신이 「봉황열반」이란 시를 쓴 뒤, "지금 봉황처럼 현재의 몸뚱이를 불사르고, 애절한 만가를 부르며 불사르고, 차고 깨끗한 잿더미 속에서 재생하고 싶다"[55]고 한 고백에서도 마찬가지 의미를 지니고 있다. 죽음은 단지 새로운 생명, 활력이 넘치는 새로운 세상, 새로운 사물의 탄생을 위한 시작이자, 그를 위해 필수불가결한 과정인 것이다.[56]

---

53) 「鳳凰涅槃」, 『全集』 1권 43면.
"春潮漲了 / 春潮漲了 / 死了的宇宙更生了//生潮漲了 / 生潮漲了 / 死了的鳳凰更生了//我們更生了 / 我們更生了 / 一切的一 更生了. / 一切的一切 更生了."
54) 위의 시, 위의 책, 44면.
55) 위의 시, 위의 책, 37면.
56) 이러한 죽음의 의미를 근대 의식과의 연관 속에서 분석한 논문으로는 何錫章, 龍泉明, 「文化模式的內在規定與制約－五四與古代浪漫主義文學比較論」, 『中國現代文學硏究總刊』 1989年 4期 참조.

현실에 대한 죽음과 같은 철저한 부정, 파괴에 대한 찬양의 맞은편에 새로운 창조를 위한 열망이 있고, 창조자에 대한 찬양이 있다. 때문에 그는, "아아! 끝없는 파괴, 끝없는 창조, 끝없는 노력이여!"라고, 파괴와 창조를 위한 끊임없는 노력을 찬미한다. 곽말약의 파괴와 창조에 대한 찬양이 어느 정도인가 하면,

　　　　나는 창조 정신을 숭배하고, 힘을 숭배하고, 피를 숭배하고, 심장을 숭배하오
　　　　나는 포탄을 숭배하고, 비애를 숭배하고, 파괴를 숭배하오
　　　　나는 우상 파괴자를 숭배하고, 나를 숭배하오[57)]

　　라고 고백하고 있듯이 그것은 이미 그에게는 하나의 우상이다. 시 「여신의 재생(女神的再生)」에서도 파괴와 창조가 선명하게 드러난다. 중국 고대 신화에서 전욱顓頊과 공공共工이 제왕의 자리를 다투는

물론 『여신』에 「봉황열반」에서와 같은 의미의 '죽음'만이 나오는 것은 아니다. 이른바 낭만주의의 병적 측면이라고 불릴 수 있을 죽음을 고뇌의 현실에서 벗어날 수 있는 유일한 해탈로 보는 죽음도 나타난다. 죽음만이 안식과 평화를 가져다 줄 수 있다는 인식이다. 「죽음(死)」과 「죽음의 유혹(死的誘惑)」에 나타난 죽음의 이미지가 바로 그렇다. 이 두 시에서 죽음은 '그대'라는 연인으로 상징되어, "내 사랑하는 죽음이여! 나 언제나 그대를 볼 수 있을까?"라고 애타게 그리는 대상인가 하면, 죽음이 시의 화자더러 "그대 어서 달려와 내 볼에 입을 맞추어요. 내 그대 무수한 번뇌를 없애 주리다"라면서 유혹하기도 한다.

57) 「我是個偶像崇拜者」, 『全集』 1권, 99면.
　　"我崇拜創造的精神, 崇拜力, 崇拜血, 崇拜心臟 / 我崇拜炸彈, 崇拜悲哀, 崇拜破壞 / 我崇拜偶像破壞者, 崇拜我."

것을 빌어 당시 중국에서 벌어지고 있던 남북군벌 간의 전쟁을 비판한 이 시에서, 시인은 여신들을 빌어 암흑과 혼란의 현실을 비판하며, 새로운 광명의 세상을 창조하려는 열망을 이렇게 표출한다.

여신 1
저는 새로운 광명을 창조할래요
더 이상 굴속에 갇힌 신이 될 수 없어요

여신 2
나는 새로운 온기를 창조할래요
그대가 만든 광명과 짝을 이루게

여신 3
언니동생들이 새로 빚은 포도주는
낡은 부대에 담을 수 없어요
그대들의 새로운 열과 빛을 받고저
나는 갈테요. 신선한 태양을 창조하러!

나머지 모두
우리 가자, 신선한 태양을 창조하러
더 이상 여기서 신상神像으로는 있을 수 없어!58)

---

58) 「女神的再生」,『全集』1권, 8면.
　　"女神之一 : 我要去創造些新的光明 / 不能再在這壁合之中做神//女神之二 : 我要
　　去創造些新的溫熱 / 好同你新造的光明相結//女神之三 : 姉妹們, 新造的葡萄酒漿

곽말약의 근대의식과 민족의식 153

파괴가 창조이고, 창조가 곧 광명이라는 사고는 미래의 발전에 대한 낙관주의가 없이는 성립할 수 없다. 발전에 대한 낙관적인 믿음, 그로 인해 불타오르는 이상주의가 이 당시 곽말약에겐 넘쳐났다. 무엇인가를 실현할 수 있고, 그것은 실현될 수밖에 없다는 가능성에 대한 믿음이 살아있음으로써 무엇인가를 실현하려는 의지도 펄펄 살아 있다. 그의 이런 믿음을 더욱 견고하게 만들어 주는 것은 사람의 창조력에 대한 확고한 신뢰, 즉 신과 같은 사람의 창조력에 대한 신뢰다. 여기서 다시 한 번 그의 "나는 신의 표현이다"는 그의 범신론적 자아관이 힘을 발휘하는데, 그것은 가령 '창조자'를 인신人神에 빗댄 다음의 시에서 극명하게 드러난다.

나는 최초로 나왔던 인신人神을 생각한다
나는 천지를 개벽한 반고盤古를 생각한다.
그는 창조의 정신
그는 출산의 고통
들어보라, 우렁찬 목소리
들어보라, 숨결이 바람이 되고
보라, 번갯불 같은 눈
보라, 눈물이 내가 되고
본체가 바로 그이고, 하늘님이 바로 그일진저!59)

/ 不能盛在那舊了的皮囊 / 爲容受你們的新熱, 新光 / 我要去創造個新鮮的太陽!"
59) 「創造者」, 『創造(季刊)』 1권 1호, 2면.

범신론적 자아관으로 인해 곽말약은 모든 인간에게 신과 같은 창조력이 잠재되어 있다고 믿는 것이다. 그러기에 그는 사람들이 이집트 피라미드 같은 위대한 창조를 한 것을 두고, 이는 '태양의 상징'이라며, "창조여! 창조여! 노력하여 창조하라! 사람의 창조력의 권위는 신에 비길 수 있는 법!"이라 예찬한다. 인간의 이런 위대한 창조력, 피라미드 같은 '금자탑'을 세우는 위대한 창조력에 "하늘의 태양도 내게 고개를 숙인다"[60]

곽말약은 존재와 세계란 끊임없이 운동하고 그를 통해 완성을 향해 끊임없이 진보하는 것이 그 본질이라고 여겼다. 이러한 곽말약의 근대 의식은 미래의 직선적 진보에 대한 열망과 믿음을 낳았고, 그의 유토피아는 미래에 있었으며, 그 유토피아 창조를 위해, 진보를 위해서는 과감한 단절, 즉 파괴가 불가결하다고 보았다. 이러한 그의 사고는 그의 범신론적 자아관과 결합되면서 더욱 증폭되었고, 그의 이상주의는 더욱 가열되었다. 이러한 이상주의가 그의 영웅주의와의 결합이 1920년대 곽말약의 인격을 구성하였다.

이렇게 볼 때 이 당시, 곽말약이 설정하는 이상적인 인격이나 외부세계에 대한 이상주의적 창조 의지 등은, 이른바 '서구의 근대적 영웅의 원형'인 '파우스트적 인간'의 계보에 속한다고 할 것이다. "구세계를 일축해버리든가 붕괴시킬 철저하게 새로운 사회환경을 건설할 수 있는 방법을 발견하게 된" "파괴자와 창조자의 합성인 개발자"로서의 파우스트,[61] "낮은 곳에서 높은 곳으로 끝없는 우주적 도약을

---

60) 「金子塔」, 『全集』 1권, 106-107면.

시도하는 낙관주의의 대표자인 초인적 인간"으로서의 파우스트, 슈
펭글러가 정의한 대로 서구 문화의 대표자로서의 파우스트[62]란 면에
서 파우스트적 인간을 정의할 때 그렇다.

곽말약의 이상주의와 영웅주의 속에는 파우스트적 인간상이 깃들
어 있는 것이다. 곽말약이 5·4 시기를 청년 괴테의 '질풍노도' 시대,
즉 봉건에서 근대로의 과도기와 동일시하면서[63] 『파우스트』에 흥미
를 느껴 번역을 했던 것도 이 때문이었다.

그러나 이러한 닮음에도 불구하고, 파우스트와 곽말약이 서 있던
근대 태동기의 지반이 서로 달랐다. 제국주의의 침략으로 인한 민족
의 위기와 더불어 근대가 시작했다는 제3세계 근대의 특수성이 여기
서 다시 한 번 고려되어야 한다. 이로 인해, 그의 낡은 세계 파괴와
새로운 세계 창조를 위한 영웅주의적 의지, 미래 발전에 대한 이상주
의적 신념이 '민족'이라는 '거대 서사'와 결합되는 양상이 나타나는
것이다.

파우스트가 개발하고, 건설하려 했던 세계가 다름아닌 근대성이
실현되는 세계였고, 또 이것만으로도 파우스트적 기획은 서구 근대
에서 의미를 가질 수 있었다. 그러나 곽말약으로서는 이러한 파우스
트적 기획이 서구의 것이라는 점, 그리고 그 서구는 당시 중국에 제국

---

61) 마샬 버만Marshall Berman 저, 윤호병·이만식 옮김, 『현대성의 경험 All That Is Solid
　　Melts into Air : The Experience of Modernity』(현대미학사, 1994), 71-86면 참고.

62) 고위공, 「괴테, 그 현대적 의미」, 한국괴테협회 편, 『괴테연구』(문학과지성사, 1988)
　　20-21면.

63) 「『浮士德』第二部譯後記」, 『郭沫若論創作』(上海 : 上海文藝出版社, 1982), 657면.

주의의 형식으로 출현하고 있다는 점, 중국의 민족 위기로 인해 '민족'이 존재의 의미 자체를 규정하는 의미를 지닐 수 있다는 점이 고려되지 않을 수 없었다.

때문에 서구 근대 인격을 대표하는 파우스트적 이상주의와 영웅주의가 중국의 근대에 그대로 번역, 재연될 수는 없는 것이었고, 그것이 '민족'과 결합되면서 주체적 변형이 가해지게 된다. 「여신의 재생」과 「봉황열반」에서 보여지듯이 곽말약이 건설, 창조하려는 대상이 우선은 '조국'이라는 점도 이것과 관련되는 것이다.

3. 민족과 자아의 운명의 일치

곽말약이 일본으로 유학을 떠난 것이 1913년 12월이었다. 그로부터 1924년 11월에 마르크스주의자를 자처하며 귀국하기까지 11년 동안의 일본 생활은 곽말약의 삶과 문학의 원형이 정초된 중요한 시기다(물론 이 11년 동안 일시적인 귀국과 출국이 계속되었다). 곽말약에게 일본은 자아의 각성과 세계에 대한 대자적 인식을 갖게 해준 곳이었다. 곽말약의 근대 세계에 대한 체험과 인식의 대부분이 이 기간 동안 일본 생활에서 비롯하였다고 해도 과언이 아니다.

곽말약이 애초에 일본 유학을 떠날 때, 강한 목적의식을 가지고 일본행을 결심한 것은 아니었다. 일본에서 고등학교를 졸업하고 1918년에 당시 명문이던 규슈제국대학에 입학해 의학을 배우게 되는데, 곽말약은 의학을 배우게 된 동기로 "남아로서 한 가지 장기를 배워 국가에 보답하겠다"는 각오 아래 "의학을 잘 배워서 국가와 사회에 착실히 기여해 보겠다는 생각"이었다고 회고한 바 있다.[64] 그러나 적어도 일본 유학을 떠날 당시로 볼 때 곽말약의 일본행에는 노신이나 다른 일본 유학생들이 가졌던 것과 같은 뚜렷한 목적의식은 없었다고 해야 옳다.

곽말약의 일본행은 출구 없던 당시 자신의 현실에서 탈출하기 위한 수단으로 선택된 측면이 강하다. 청말, 아직 체계가 잡히지 않은 신식 중학교에 적응을 하지 못한 채, 무단으로 결석하고, 동료들을 이끌고 선생과 학교에 반항하며, 수업 거부를 주도하는 것이 그의 중학 생활이었다.[65] 그러다 가정중학嘉定中學에서 퇴학을 당하고(1909년) 이듬해 성도부중成都府中으로 학교를 옮기고, 다시 퇴학 위기에 몰렸다가 간신히 중학을 졸업한다. 그 뒤, 곽말약은 1913년에 천진육군군의학교天津陸軍軍醫學校에 응시, 합격한다. 그러나 이때 그가 의학 공부를 택한 것은 의학 공부를 하고 싶어서가 아니었다.

> 나는 의학을 배울 생각이 본래부터 없었다. 나는 의사가 되어 남의 병을 치료해 주려고 생각해 본 적도 없었고, 의업으로 생활을 유지하려고 생각해 본 적도 없었다. 내가 고향땅인 사천에 있을 때 현상에 불만을 가졌기 때문에 날마다 사천을 떠나려고 생각하고 있었다. (중략) 그런데 사천을 떠날 그런 기회를 얻기 어려웠다. 자비로 고향을 떠난다는 것은 집안 경제 사정으로 보아 허락되지 않았다. (중략) 군

---

64) 한국선 역, 『학생시대』(일월서각, 1990), 11면.
65) 위와 같음.

의학교는 관비였고, 여비까지 자기 돈 한 푼 필요 없었기 때문에 사천 四川을 떠날 좋은 기회였다. 나는 당시 의학을 배우고 싶은 생각이 조금도 없었다.[66]

이렇게 택한 군의학교였기 때문에 "내가 무엇 때문에 꼭 의학을 배워야 하며 더구나 군의를 배워야 하는가?"라는 회의가 머릿속을 떠나지 않았고, 결국 진학을 포기하고 북경北京에 있던 큰형을 찾아 간다. 곽말약에게 일본행을 제안한 것은, 곽말약 때문에 "퍽이나 골 머리를 앓던" 그의 큰형이었다.[67] 부산을 거쳐 일본으로 갈 때 곽말 약은 일본에서 의학을 공부하게 되리라고는 예상하지 못했을 것이다.

곽말약이 일본 유학을 시작하던 무렵은 일본이 산동山東과 동북東 北 지방에서 침략을 가속화시키던 때였고, 이로 인해 중국에서 반일 시위가 잇따르고, 일본 제국주의에 대한 반감이 나날이 고조되던 때 였다. 1914년 일본의 청도靑島 점령, 1915년 일본의 중국에 대한 21개 조 요구, 1918년 강압적인 중일군사협약 체결 등으로 일본이 중국 침략을 노골화 시키던 때였고, 특히 1차 대전이 시작되고부터는 그 도가 더했다.

곽말약의 술회대로, "서구 자본주의 국가가 전쟁의 영향을 받아 일시 좌절할 때 일본이 이 기회를 타고 발흥하기 시작하던" 때이고, 중국이 일본의 상품판매 시장 노릇을 하던 때이다. 중국 국내적으로

---

66) 위의 책, 303-304면.
67) 이에 대한 자세한 사정은 『학생시대』, 5면-9면 참고.

는 원세개袁世凱가 복벽을 위한 일본의 지지를 얻기 위해 일본에게 굴욕적인 양보를 하던 때다. 1919년의 5·4 운동이 말하듯 일본의 중국 침략이 가속화되고, 이로 인해 반일 감정이 격화되던 그 무렵 곽말약은 일본에서 유학을 하게 된다.

곽말약 전체 개인사를 놓고 볼 때, 이 시기 일본 생활이 갖는 의미 가운데 가장 중요한 것은 민족의식이 그의 존재 의미를 규정하는 핵으로 떠오른다는 점이다. 곽말약 개인의 운명과 민족 운명 사이의 동일화가 일어나는 것이다. 중국에 있을 때는 의학을 배우고 싶은 생각이 전혀 없어 군의학교 진학을 스스로 포기했다가 일본에 와서는 "남아로서 한 가지 장기를 배워 국가에 보답하겠다"는 각오 아래 "의학을 잘 배워서 국가와 사회를 위해 착실히 기여하겠다"로 전환되는 바로 거기에 중국을 침략하고 있는 일본에서 유학하는 '지나인支那人'[68] 곽말약의 민족적 자의식이 놓여 있는 것이다.

곽말약은 5·4 시기 민족의식이 강했다고 얘기한 바 있다.

> 내 개인으로 말하자면 그때(일본 규슈에서 『여신』과 『성공星空』을 쓸 때 ─ 인용자)는 (특정 지방 색채에 대한) 어떤 명확한 의식은 없었지만, 민족의식은 아주 강했다.[69]

---

68) 당시 일본인들은 중국인을 경멸하는 의미로 '지나인'이라고 불렀다고 한다. 郁達夫의 「沈淪」에 이런 내용이 있다. "원래 일본사람들은 중국 사람을 멸시하고 개돼지처럼 여긴다. 일본인은 중국인을 '지나인'이라 부르는데, 이 지나인 세 자는 일본에서 우리를 도둑놈이라 부르는 것 보다 듣기 싫다."
「沈淪」, 『郁達夫全集』 1권(杭州 : 浙江文藝出版社, 1992), 51면.
69) 「詩作談」, 『郭沫若論創作』(上海 : 海文藝出版社, 1982), 218면.

그때 중화민족의 부흥을 몹시 갈망했고, 「여신의 재생」과 「봉황열반」 속에 의식적으로 표현되어 있다.[70)

그때 나는 민족의식만 있고, 계급의식은 없었다.[71)

곽말약이 일본에 간 이듬해, 일본이 중국 정부에 21개조를 요구하고 중국 정부에 이를 승인하라고 강요한다. 곽말약은 이에 격분해 몇몇 친구들과 상해로 돌아온다. 정부에 항의하기 위해서였다. 귀국 길에 그는 "남아로서 붓을 던짐은 예사로운 일, 돌아가 싸움터의 한 줌 흙이 되리라(南兒投筆尋常事, 歸作沙場一片泥)는 내용의 구시를 짓기도 한다.[72) 이 당시 곽말약은 일본 등 제국주의 침략을 속수무책으로 당하고 있던 당시 중국의 무력에 대한 비통함을 바탕으로 강한 중국을, 새로운 중국을 열망하였고, 이런 그의 바람이 집약되어 있는 시가 바로 「화로 속의 석탄(爐中煤)」, 「여신의 재생(女神的再生)」과 「봉황열반(鳳凰涅槃」 등의 작품이다.

아, 내 젊은 여인아
나 그대의 은근함을 저버리지 않을터
그대도 나의 사모를 저버리지 말아다오
나 내 사랑하는 사람으로 하여

---

70) 위와 같음.
71) 한국선 역, 『학생시대』(일월서각 1990), 82면.
72) 『創造十年』, 93면.

이렇게 불탔어라!73)

    곽말약이 1920년에 조국을 그리면서 쓴 「화로 속의 석탄(爐中煤)」이라는 시다. "조국을 그리는 마음"이라는 부제가 달린 이 시에서 그는, 조국에 여인의 상징을 부여하고, 자신의 조국을 그리는 마음은 마치 화로 속의 석탄처럼 타오르고 있다고 고백한다. 이 시에서 주목할 것은 자신이 원래부터 석탄처럼 그렇게 불붙어 타오르며 조국을 그린 것은 아니었다는 시적 진술이다.

> 아, 내 젊은 여인아
> 그댄 내 전신을 알겠지?
> 그대 내 검은 노예의 거칠음을 꺼려하지 말길
> 내 이 검은 노예의 가슴속
> 불같은 심장을 가져가오.
>
> 아, 내 젊은 여인아
> 내 전신을 생각하면
> 본디 쓸 만한 동량이었으되
> 나는 여러 해 땅속에 묻혀 살다
> 오늘 아침에야 다시 하늘빛을 보았소.

---

73) 「爐中煤」, 『全集』 1권 58면.
    "啊, 我年靑的女郎! / 我不辜負你的殷勤, / 你也不要辜負了我的思量 / 我爲了我心愛的人兒 / 燃到了這般模樣!"

아, 내 젊은 여인아

나 다시 하늘빛을 본 뒤로

나 늘 나의 고향을 그리고

나 내 사랑하는 사람으로 하여

이렇게 불탔어라!74)

　설사 조국을 향해 불타오르려는 '불같은 심장'의 에너지가 원래부터 자신에게 내재되어 있었다 하더라도 그것이 불씨를 만나 타오르기 시작한 것은 '오늘 아침'이 되어서다. 이 '오늘 아침'이란 시간은 석탄을 불타오르게 한, 자신의 잠재된 에너지를 터뜨리도록 만든 시간이다. 이 시는 1920년 1월에 지었고, 2월 3일 「시사신보時事新報」에 발표되었다. 말하자면 '5·4 운동 정서'에 고무되어 나온 작품이라고 볼 수 있다.

　　5·4 후의 중국은 내 마음 속에 진취심이 강한 어여쁜 처녀처럼, 나의 애인처럼 느껴졌다. 나의 시 「봉황열반」은 바로 중국의 재생을 상징한다. '조국을 그리는 마음'의 「난로 속의 석탄(爐中煤)」은 그 여인에 대한 나의 연가였다. 「아침 인사(晨安)」와 「비도의 송가(匪徒頌)」도 모두 그녀에 대한 찬사. 특히 「비도의 송가」는 일본 언론계에

---

74) 위와 같음.
　"啊, 我年靑的女郎! / 你該知道的了我的前身? / 我該不嫌我黑奴濃莽? / 要我這黑奴的胸中/ 才有火一樣的心臟/啊, 我年靑的女郎! / 我想我的前身 / 原本是有用的棟樑 / 我活埋在地底多年 / 到今朝得重見天光/啊, 我年靑的女郎! / 我自從重見天光 / 我常常思念我的故鄉 / 我爲我心愛的人兒 / 燃到了這般模樣!"

대한 분개를 보여 준 것이다. 당시 일본 기자들은 5·4 후의 중국 학생들을 '학생 비도'라고 하였는데, 이런 중상에 항의하기 위해 나는 그 송가를 썼다. 5·4 운동 후 국내 청년들이 지식 탐구 욕구에 사로 잡혀 다투어 외국으로 나가고 있을 때 나라밖에 있는 나는 지식의 질곡에서 벗어나 중국에 돌아가 내 애인의 품속에 안기고 싶었다.[75]

일단 위의 언급을 신뢰하는 차원에서 볼 때, 석탄이 땅속에 묻혀 있듯이 시인의 내부에 잠재되어 있던 조국애가 불씨를 만나 드디어 불꽃으로 타오르며 에너지를 발산하는 계기와, 시인이 중국을 이처럼 매력적인 여인으로 볼 수 있었던 것은 바로 5·4 운동 때문이었다. 굴욕만 당하고 있던 중국이 5·4 운동에 이르러 마침내 반항하고 꿈틀거렸고, 거기서 오는 희망으로 인해 곽말약이 중국을 '진취적인 어여쁜 처녀'로 보게 되었으며, 이로 인해 그의 조국애라는 불이 지펴지는 한 계기를 이룬 것이다.

그 조국애의 불이 지펴진 뒤, 시의 화자는 "늘 나의 고향을 그리는" 정으로 불타오르는 것이다. 곽말약은 이 당시 염원한 '중국의 재생'

---

75) 『創造十年』 88면.

"五四以後的中國, 在我的心目中就像一位很葱俊的有進就氣象的姑娘, 她間直就和我的愛人一樣. 我的那篇「鳳凰涅槃」便是象徵着中國的再生. '眷念祖國的情緒'的「爐中煤」便是我對於她的戀歌.「晨安」和「匪徒頌」都是對於她的頌詞. 特別是「匪徒頌」, 那是憤慨於日本新聞界的捏誣, 那時候的日本人稱五四運動以後的中國學生爲'學匪', 我感覺着無限的憤恨. 爲抗議'學匪'的誣衊, 便寫出了那首頌歌. 但在五四以後的國內的青年, 大家感覺着智識慾的驅迫, 都爭先恐后地跑向外國去的時候, 我處在國外的人却苦於智識的桎梏想自由解脱, 跑回中國去投進我愛人的懷裏."

'제3의 중국'[76]을 위한 희망을 5·4 운동 시기 중국의 모습에서 발견한 것이고, 그로 인해 그의 조국애가 촉발된 것이다. 이렇게 볼 경우, 일단은 곽말약의 조국애를 촉발시킨 중요한 계기는 5·4 운동이라고 해석할 수 있다.

그러나 곽말약의 민족의식, 조국애가 촉발되어 밖으로 드러나는 계기를 단지 5·4 운동에서만 찾는 것은 일면적인, 표피적인 고찰일 것이다. 5·4 운동을 그 촉발과 외화를 위한 하나의 '계기' 차원으로 한정하는 관점이 보다 타당하다는 것이다. 왜냐하면 우선, 위의 시에서 '검은 노예의 가슴속'에는 원래 '불같은 심장'이 내재되어 있었다. 잠재된 에너지가 석탄처럼 내재되어 있었고, 다만 그것이 밖으로 드러나 타오를 날이, 시인의 표현에 따르면 '다시 하늘빛을 보게' 될 날이 다가오지 않았던 것이다.

그렇다면, 곽말약의 조국애 또는 민족의식이라 해석해도 좋을, 조국을 향해 불타오르는 에너지가 어떻게 곽말약의 내부에서 생성되어 축적되고 있었느냐가 문제로 떠오른다. 곽말약의 조국애 또는 민족의식이라는 에너지원을 축적시키는 것이 과연 무엇이겠느냐는 문제다.

아마 이에 대해 가장 일반적인 수준에서 내놓을 수 있는 답은 중국 근대 지식인들이 보편적으로 가졌던 민족의식일 것이다. 민족의 위기와 더불어 시작된 중국 근대에 중국 지식인들이 지녔던 강력한 민족주의 의식이라는 일반론의 지평에서 곽말약의 민족의식을 해명

---

76) 『創造十年』 88면과 98면 참조.

하는 것이다. 이러한 해명은 나름의 보편적 타당성을 지닌다. 그러나 이것은 일반론이 지니는 높은 추상 차원의 해답이다. 이것만으로는 곽말약 민족의식이 형성되는 구체적 과정을 해명하기에 불충분하다.

왜냐하면, 같은 역사 공간에 살았던 중국 지식인들이 모두 강렬한 민족의식을 가졌던 것은 아니기 때문이다. 때문에 곽말약의 민족의식, 또는 강렬한 조국애의 기원을 추적하기 위해 중요한 작업은 그의 개인사에 대한 점검일 터이고, 이 점검을 통해 어떻게 민족이 곽말약의 의식에서 중심을 차지하게 되는가를 해명해야 할 것이다.

이 해명을 위해 우선 두 가지에 주의하는 일이 유용할 것이다. 먼저, 앞의 인용 시「화로 속의 석탄」을 다시 주목해 보자. 이 시에서 석탄이 화로 속에서 불타오름이란 석탄이 잠재된 에너지를 외화시키는 것으로, 일종의 존재 의미의 실현 과정이라 할 수 있다. 그런데 전체 시의 맥락을 따라가 보면, 이 존재 의미의 실현 과정이란 '내 젊은 여인'으로 상징된 조국을 위해 자신을 불태우는 것이 된다. 이는 존재의 의미를 조국을 위한 헌신과 일치시키는 것으로, 매우 강렬한 민족 정서의 표출이다. 존재의 의미가 민족의식과 연결되어 있는 것이다.

다음으로, 5·4 운동 이후 애인 같은 조국에 다시 돌아가 품속에 안기고 싶었다는 곽말약의 언급에 주목해 보자.[77] 그의 말대로 당시 지식 청년들이 해외로 나가려 하던 것에 반해, 그는 왜 다시 돌아가고 조국의 품에 안기고 싶었던 것일까. 이 두 가지 사실에 주목하는 것은

---

77)『創造十年』88면.

1920년대 곽말약 민족의식의 기원과 성분을 해명하는 하나의 화두일 것이다. 자신의 존재 의미를 민족의식과 연결시키고, 조국에 다시 돌아가 그 품에 안기고 싶은 욕망은 어디에서 기원하는 것일까.

당겨 얘기하자면, 1920년대 초반 곽말약을 가장 고통스럽게 했던 것은 경제난과 역사적 역할의 소거, 그리고 일본에서 당할 수밖에 없었던 '지나인' 곽말약의 민족적 굴욕의 체험에서 기원하였다고 볼 수 있는데, 이를 좀더 자세히 살피면 이렇다.

구추백瞿秋白의 지적에 따르면, 5·4에서 '5·30' 사이에 중국 도시에는 중국 자본주의 발전 과정에서 '궤도에서 밀려난' 각종 '보헤미안'들이 급속히 모여들게 된다.[78] 이들은 전통 봉건 사회의 와해로 인해 전통 사회에서 지식인들이 누렸던 경제적·정치적 지위를 보장받을 수 없었고, 그렇다고 자본주의 정치·경제 체제 속으로 성공적으로 편입해 안정적 지위를 차지한 것도 아니었다.

정치적으로는 예전처럼 과거제도를 통해 사회 권력 구조로 진입할 수 있는 길이 이미 사라졌고, 정신적으로는 자신이 속해 있다고 의심 없이 확신할 만한 문화전통도 사라져 버렸다. 또한 경제적으로는 전통적 지주에서 현대 자유 직업인으로 변한 가운데, 이제는 자기의 지식을 팔아 생계를 유지해야 했다. 전통의 기반은 무너지고, 자본 시대의 궤도에서도 밀려난 그들은 보헤미안이었고, '자유표박자'였던 것이다.[79] 당시 지식인들 대다수는 이런 가운데 극도의 실락감失落

---

78) 瞿秋白, 「『魯迅雜感文選集』序言」, 『瞿秋白選集』(北京 : 人民出版社, 1985), 544면.
79) 吳曉明, 「自我.藝術.自然—西方浪漫主義與五四文學」, 『中國現代文學研究叢刊』, 1987

感을 느꼈다.

곽말약의 경우에도, 이런 자본 시대 궤도에서 밀려난 당시 지식인들의 보헤미안적 실락감이 예외없이 드러난다. 곽말약은 규슈의대에 입학한 다음해(1919년)부터 의학을 포기하고 문과로 전향할 생각을 갖게 된다. 그가 문학으로 전환하려 했던 이유는 귀가 잘 들리지 않는 생리적 한계, 어려서부터 받은 문학 교육과 독서의 영향, 그리고 시대적 분위기 등 때문이었다.[80]

그런데 그의 의학 포기와 문학으로의 전향은 노신처럼 단숨에 이루어지지 않는다. 노신처럼 어느 한 계기를 통해 문학의 꿈을 일시에 전면화시켜 버리는 것이 아니라 문학과 의학 사이의 갈등이 1923년 3월 규슈의대를 졸업한 뒤, 의사가 되기 위한 실습을 포기하기까지 계속된다. 그동안 이 갈등은 간헐적으로 계속되는데, 이 갈등에서 의학을 버리지 못한 것은 주로 경제난 때문이었다.[81]

이 당시 오직 문학에 기대서만 생계를 도모한다는 것은 무척 불안한 일이었다. 근대적 의미의 문학 제도가 채 확립되지 않은 까닭에 작가의 지위가 매우 불안정했다. 1919년과 1921년에 곽말약이 의학을 포기하려 하자 이를 한사코 막았던 일본인 아내의 만류 이유도 결국은 "의학을 장래 생활을 위한 담보로 여기는" 경제적 동기와 생계 대책, 문학을 직업적 행위로 하는 데 대한 우려 때문이었고,

---

年 2期, 5면.

80) 黃候興, 『郭沫若的文學道路』(天津 : 天津人民出版社, 1984), 34면.

81) 中屋敷宏, 「郭沫若論」, 『中國關係論說資料』 13卷 2分冊(上), 47면.

후에 1기 창조사(1921-24) 활동을 끝내고 일본으로 다시 돌아간 것도 "문필에 기대 살아가거나 가족을 먹여 살리려 하는 것은 터무니없다"는 자각, "계속 의학을 배우는 것이 입고 먹기에는 문제가 없고 안전하다"는 생각 때문이었다.[82]

곽말약이 이 당시 겪었던 경제난은 당시의 다른 현대문학 작가들보다 그 정도가 심했다. 그의 일본 유학 생활은 오직 관비에만 의존한 데다, 일본인 아내와 아이까지 딸렸기 때문에 생활비로 인해 무척 고통을 받았다. 1910년대 말과 20년대 초반 곽말약의 번역 작업은 거의 경제적 동기에서 이루어졌다고 해도 과언이 아니다. 생활비 부족으로 번역이 끝나면 원본을 전당포에 맡길 정도였고, 집세가 없어 고생하고, 아이들이 영양실조로 입원하기도 했다.[83]

이런 가운데, 일본인 아내를 맞은 데 따른 주위의 비난과 본인의 자책감이 그를 더욱 궁지로 몰아넣는다. 아내로 인해 매국노 취급을 당하던 당시 상황을 그는 이렇게 회상했다.

> 1918년 5월에 일본에 있는 중국 유학생들은 다들 '중일군사협약'에 반대하여 동맹휴학에 나섰다. 그때의 소요로 인해 부산물이 생겼는데, 그것은 애국 열정이 극도로 끓어오른 일부 사람들에 의해 매국노 처단회가 조직된 것이다. 일본 여자를 아내로 삼은 사람은 모두

---

82) 郭沫若 저, 한국선 역, 『학생시절』(일월서각, 1990), 123면.
83) 심지어 그가 마르크스주의자가 되는 데 결정적인 계기가 된 가와가미 하지메의 『사회조직과 사회혁명』이란 책의 번역 동기도 생계를 해결하려는 동기에서 시작되었다. 이에 대해서는 「孤鴻」, 『全集』 16권 10면 참고.

매국노로 몰아 즉시 이혼하라고 경고하였고, 이혼하지 않을 경우 무력 제재를 가했다. (중략) 불행하게도 나는 그때 안나와 동거한 지 이미 다섯 달째였다. (중략) 매국노로 몰렸음은 두말할 나위 없다. (중략) 동맹 휴학은 근 두 주일이나 계속되었다. 그러나 반대하는 조약이 취소되지도 않았다. 그래서 모두가 귀국해야 한다는 결의가 나왔다. (중략) 불행히도 나 같은 매국노는 매달 32원의 국비를 타서 세 사람이 먹고 살아야 하였기에 평소에도 구차한 생활을 하지 않으면 안 되었다. 그러기에 당연 귀국할 비용이 있을 리 만무했다. 돈이 없다 보니 나는 애국의 자격을 잃어 버렸으며, 매국노란 딱지를 달고 있자니, 마치 주조된 진회眞檜 같았다.[84]

　　곽말약 자신은 "아주 열정적인 애국지사라고 여겼으나 남들에게는 매국노(漢奸)로 인정받은" 것이다.[85] 자신은 "조국을 구할 선약仙藥을 얻으려는 마음 가득하고"[86] "남아로서 흔쾌히 붓을 던지고 / 돌아가 싸움터의 한줌 흙이 되리라"는 애국적 각오를 갖고 있지만, 당장의 자신의 처지는 "기생충이나 진배없었고 귀양살이를 하는 듯이 여겨졌다."[87]

　　이 당시 스스로를 굴원屈原에 비유한 것은[88] 굴원에게서 현실에서 추방당한, 그리하여 역사적 역할과 현실에 대한 발언력을 상실한 데

---

84) 郭沫若 저, 한국선 역, 『학생시대』 33면.
85) 『創造十年』, 69면.
86) 위의 책, 69면.
87) 위의 책, 97면.
88) 위의 책, 97면.

서 오는 소외에 동질감을 느꼈기 때문이다. 그는 역사적 역할이 소거되고, 조국에 대한 사랑이라는 주관적 원망을 실현할 길이 차단당한 가운데, 자신의 현재를 굴원처럼 현실에서 추방당해 귀양살이를 하는 것처럼 여겼고, "세상이 이렇게 넓지만 내 몸 하나 받아 주는 데 없다"[89]는 실락감과 잉여감을 느낀 것이다. 그에게 실락감과 잉여감이 더 크게 와 닿을 수밖에 없었던 것은, 그의 영웅주의와 이상주의와도 관계된다. 그의 강렬한 이상주의와 영웅주의가 현실의 벽 앞에 처참하게 깨진 한편, 그의 비참함, 실락감과 잉여감이 더욱 증폭된 것이다.

그를 더욱 고문한 것은 일본에서 중국인으로서 당하는 민족적 수모와 굴욕이었다. 의대에 합격해 규슈대학으로 가던 첫날, 대학 앞의 여관에서 당한 '치욕'(곽말약의 표현)을 곽말약은 훗날 성방오成仿吾에게 보낸 편지에서 회상하고 있는데[90] 대략 요지는 이렇다.

그와 아내가 대학 앞에 도착해 여관에 들었고, 처음에는 여종업원이 위층에 있는 깨끗한 방을 안내했다. 그러나 잠시 후 주인이 오더니, "이 방은 막 전화가 와 예약을 했다"며 아래층으로 내려가라는 것이었다. 길에 맞붙은 아래층은 초가에다 하녀들이 쓰는 방과 붙어 있었다. 곽말약이 보기에, "이것은 분명 사람을 쫓아내려는 것이었다." 이렇게 되자 입학의 기쁜 마음이 "여관에서 받은 굴욕으로 깨끗이 씻겨 버렸다." 그리고 이날 오후 숙박계를 쓸 때였다.

---

89) 위의 책, 97면.
90) 「孤鴻－致仿吾的一封信」, 『全集』 16권, 13면.

내게 공손함이라곤 전혀 없었고, 내가 도리어 그(여관 주인 — 인용자)에게 일부러 비굴하게 말했다.

전 지나인支那人이라 이름이 어렵습니다. 제가 직접 쓰지요.

그럼, 깨끗하게 써요!(명령적인 목소리)[91]

'지나인'으로서 일본에서 당한 이런 굴욕과 이로 인해 일본에 유학하는 중국 학생들이 받은 상처와 심리반응을 가장 격분하여 묘사한 작가를 꼽자면 곽말약을 들어야 할 것이다.[92] 다음은 곽말약의 자전소설「행로난行路難」에서 묘사한 다른 굴욕의 체험이다.

"전 중국유학생인데요."

"어, 지나인이야?" 주부의 입에서 뇌성 같은 소리가 터져 나왔다.

(중략)

"일본인아, 일본인아, 배은망덕한 일본인아, 우리 중국이 대관절 어디가 너희만 못하기에 너희들이 이렇게 우리를 멸시하느냐. 너희들은 '지나인'이란 세 자를 말할 때 벌써 너희들의 극단적인 악의를 드러낸다. 너희들은 '지支'자를 말할 때는 고의로 코를 찌뿌리고, 너희들이 '나那'자를 말할 때 콧소리를 길게 늘어뜨린다."[93]

---

91) 위와 같음.

"他對我全沒有些兒敬意, 我却故意卑恭地說 : "我是支那人, 姓名不好寫, 讓我替你寫吧" "那嗎, 寫乾淨一點!(命令的聲音)"

92) 趙園, 『艱難的選擇』(上海 : 上海文藝出版社, 1987), 440면.

93) 「行路難」, 『全集』9권, 282면.

"我是中國留學生" "哦, 支那人嗎?" 主婦的口中平地發出了一聲驚雷. "日本人喲! 你忘恩負義的日本人喲! 我們中國究竟何負於你們, 你們要這樣把我們輕視? 你們

일본인들에게 '지나인'으로 불리는 순간 느끼는 굴욕감에서 일본에 대한 적의와 분노가 나오고 있다. 중국인들이 오랑캐라고 여겼던 일본이 이제는 한층 우월하고 근대화된 위치에서 중국을 압박하는 현실 자체가 중국인들에게는 악몽이자 치욕이었을 것인바, 이 악몽과 치욕이 특히 직접 일본에서 유학하고 있던 이른바 '일본 유학파'에게는 존재 자체가 수치와 굴욕으로 여겨질 정도였던 것이다. 여기에 이른바 일본 유학파의 민족주의가 있다고 할 것이고, 곽말약은 바로 그 중심에 서 있었던 것이다.

이런 굴욕의 체험과 적의, 분노로 인해, 곽말약은 1923년에 그의 일본 생활 10년을 마감하면서 쓴 시에서 "10년간의 유기형이 이제 다 끝났다"[94]고 얘기한다. 또한 같은 감정 차원에서 일본인들이 중국인들더러 세계에서 제일 더럽다고 비난하는 것에 맞서, "실은 일본의 제일 이름난 도시도 서양 문명의 세례를 받은 몇 군데 번화한 거리를 제외하고는 모든 작은 거리와 골목들은 더럽고 어지러운 면에서는 동양의 으뜸이다"[95]고 되받아 일본을 비난한다.

곽말약과 같은 시기에 일본에 유학했던 욱달부郁達夫는 당시를 회상하며 이렇게 말한 바 있다.

일본에서 나는 우리 중국이 세계 경쟁 마당에서 처해 있던 지위를

　　單是在說這'支那人'三個字的時後便已經表示盡了你們極端的惡意.　你們說'支'字的時候故意要把鼻頭皺起來, 你們說'那'字的時候要把鼻音拉作一個長頓"

94)「留別日本」, 『全集』 1권, 316면.
95) 한국선 역, 『학생시절』, 302면.

분명히 보기 시작했다. 일본에서 나는 근대 과학 - 형이상학이든 형이하학이든 - 의 위대함과 깊이를 알기 시작했고, 일본에서 나는 이후 중국의 운명과 동포들이 겪어야만 할 연옥의 역정을 일찍이 깨달았다.[96]

욱달부의 이 회고는 당시 일본에 유학했던 중국 학생들에게 일본이 무엇이었는가를 설명해 준다. 일본은 근대의 땅이었고, 중국인들에게 근대를 가르쳐 주고, 체험하게 했던 땅인 동시에 중국인들에게 조국의 운명을 가늠하게 하고 민족의식을 일깨워준 땅이기도 했다.

아마 이러한 욱달부의 회고를 가장 전형적으로 대표하고 있는 경우가 곽말약일 것이다. 근대에 대한 학습과 체험, 그리고 민족의 일원으로서의 각성이 일본 유학에서 이루어졌던 것이다. 일본 유학 시절에 거의 형성된 그의 민족의식은, 근대 자본 시대에서 그 궤도에서 밀려난 데서 오는 경제적 소외와 역사적 역할의 상실, 그리고 일본에서 당한 굴욕의 체험, 세계정세 속에서 중국의 위치에 대한 인식이 상호 작용하며 형성되었다고 보아야 할 것이다.

이런 민족의식이 곽말약에게서 전형적으로 체현되었던 것은 그의 개인사 차원에서 그의 당시 근대적 낙오와 역사적 역할의 상실, 조국의 무기력으로 인해 일본에서 당해야 했던 굴욕과 수모 등이 작용했기 때문이다. 말하자면 당시 곽말약의 처지가 바로 조국의 처지였던

---

96) 伊藤虎丸, 「創造社和日本文學」, 伊藤虎丸·劉柏青·金訓敏 合編, 『日本學者硏究中國現代文學論文選粹』(長春 : 吉林文學出版社, 1987), 178에서 인용.

것이다.

이러한 계기들을 통해 민족의 운명과 곽말약 개인의 운명에 대한 동일시를 거쳐 민족이 개인의 존재 의미를 체현하는 절대적 실체로 자리하게 된다. 임강林崗이 5·4 지식인들의 강렬한 민족의식을 설명하며 곽말약을 예로 들었던 것처럼, "민족의 생명을 개인의 생명보다 더욱 진실한 것으로 보고" "개인 존재의 진실성이 단지 민족 존재의 진실성을 통해서만 이루어지는"[97] 5·4 지식인 사고의 전형이 바로 곽말약이라 할 것이다.

민족운명과 개인운명의 동일화 내지는 민족이 개인의 존재 의미를 규정하는 절대적 실체로 자리할 때, 개인 삶의 구원은 민족의 구원이 전제되지 않고서는 불가능할 수밖에 없다. 때문에 곽말약은 그토록 중국의 재생을 염원했던 것이며[98] 「봉황열반」이란 시에서는 봉황의 부활이 민족과 개인의 부활을 동시에 상징했던 것이다.

곽말약에게 민족이란 이런 의미였고, 그가 염원한 민족의 부활이 자아의 사고와 행동의 절대적 준칙이 되고, 민족의 부활이 '거대 서사'화된 가운데 모든 현실 개혁의 프로그램들의 의미와 진리 여부는 물론, 자아 삶의 그것까지도 모두 이 '거대 서사'에 비추어 확정하게 되었던 것이다.

---

97) 林崗, 「民族主義, 個人主義與五四運動」, 『五四與中國文化建設 - 五四運動七十周年學術討論會論文選(下)』(北京 : 社會科學文獻出版社, 1989), 430면.

98) 곽말약은 『女神』과 『星空』을 창작할 당시 반봉건 반종법 사상 외에, "그때 몹시 중화민족의 부흥을 갈망했다"고 술회한 바 있다.
「詩作談」, 『郭沫若論創作』(上海, 上海文藝出版社, 1983), 218면.

4. 근대화에 대한 꿈과 좌절

1910년대 말과 1920년대 초, 즉『여신』시기에 쓴 곽말약의 시에는 근대에 새로이 탄생한 갖가지 근대 문물에 대한 경탄과 찬미가 많이 드러나 있다. 이는 동시기 다른 작가들의 시 창작과 비교할 때 곽말약 시의 독특한 개성이다. 영어와 독일어가 시어로 등장하는가 하면, 모터카, 공장과 기선의 굴뚝, 에너지, 기선, 기차, 석탄, X광선, 전기, 공장 등의 새로 탄생한 근대 문물이 비유의 원관념과 보조 관념으로 셀 수 없이 등장한다.

다음은『여신』에 실린 시들에서 근대 과학 지식과 근대의 새로운 문물을 비유의 원관념 혹은 보조 관념으로 삼고 있는 것들을 임의로 뽑아 본 것이다.

"나는 X광선의 빛"
"나는 전우주 energy의 총량"
"나는 전기처럼 날듯 뛴다" ―「천구」99)

"가슴 속의 등불은
어느 회사의 등불 같다" ―「마음의 등불」100)

"아아! 모터카의 전조등!

---

99)「天狗」,『全集』1권, 54면.
100)「心燈」,『全集』1권, 56면.

그대는 20세기의 아폴로." ―「일출」101)

"기선은 석탄이 있어야 하고
내 머리에는 매일 적어도 삼사 입방 척尺의 신사상이 필요하다"
―「무연탄」102)

"지구는 자전하며, 공전하며
춤추는 여인처럼 너를 보내" ―「금자탑」103)

"구불구불 해안은 큐피드의 활 같아!" ―「필립산筆立山 머리에서
전망」104)

"밤! 암흑의 밤!
그대는 비로소 데모크라시" ―「밤」105)

　　그가 배운 과학 지식과 그가 접한 근대 문물을 모두 동원하고 있는
느낌인데, 주목할 것은 이렇게 동원된 새로운 근대 문물, 혹은 근대
과학 지식이 시 안에서 한결같이 긍정적인 의미를 지니고 있다는
점이다. 나 / X광선의 빛, 신사상 / 석탄, 나 / 전기, 태양 / 모터카의

---

101)「日出」,『全集』1권, 62면.
102)「無烟煤」,『全集』1권 60면.
103)「金字塔」,『全集』1권, 106면.
104)「筆立山頭展望」,『全集』1권, 68면.
105)「夜」,『全集』3권, 127면.

전조등, 지구 / 춤추는 여인, 해안선 / 큐피드의 활, 밤 / 데모크라시 등에서 보듯 근대 과학 지식에서 유추된 사실이나 새로운 근대 문물이 시적 비유의 원관념으로 쓰이든 보조관념으로 쓰이든 간에 한결같이 밝고, 힘 있고, 아름다운 이미지들로 형상화되어 있다.

곽말약에게는 근대의 새로운 문물이 주는 경이와 신기함, 그리고 거기서 오는 찬탄이 있다. 근대의 새로운 문물들이 경이로움과 찬미, 그리고 빛과 희망 같은 이미지로 형상화된 대표적인 시의 하나로 다음 시를 들 수 있을 것이다.

> 대도시의 맥박이여!
> 삶의 고동이여!
> 때리고, 불고, 외치고,
> 뿜고, 날고, 뛰고,
> 온 하늘가가 연막으로 자욱하다!
> 나의 심장이 출구를 뛰쳐 나오려는구나!
> 아아! 산악의 파도, 기와집의 파도,
> 솟아오른다, 솟아오른다, 솟아오른다, 솟아오른다,
> 온갖 소리들의 심포니
> 자연과 인생의 혼례여!
> 구불구불 해안은 큐피드의 활 같아!
> 사람의 생명은 화살, 바다에서 쏘고 있구나!
> 까만 해안, 정박한 기선, 떠가는 기선, 셀 수 없는 기선들,
> 연통 하나하나가 검은 모란꽃을 피우고 있구나!

아아, 20세기의 명화여!

근대 문명의 어머니여!106)

　시의 화자가 산에 올라가 해안에 배가 떠 있는 도시를 내려다 보며 느낀 감회를 적고 있다. 근대의 도시적 현실을 전제로 해 시 작업을 출발시켰던 미래파의 시를 연상시키는 이 시에는 이 당시 곽말약의 근대 문물에 대한 태도가 무척 명료하게 드러나 있다. 근대 문명의 주요 상징물인 도시와 기선이 등장하고 있는데, 대도시가 맥박이 뛰고 삶의 고동이 있는 곳이며, “때리고 / 불고 / 외치고 / 뿜고 / 날고 / 뛰고” 있는 매우 역동적이고 활기 넘치는 곳으로 형상화 되어 있다.

　이 시에서 대도시와 자연 사이에는 어떤 불협화음도 없이 하나의 조화로운 심포니를 이루고 있다. 도시화와 자연, 바꾸어 표현해 근대화와 자연을 대립적으로 보는 사유가 여기에는 없다. 자연과 도시와 인간이 분리되어 있지 않고 하나이기 때문이다. 도시가 소음과 죄악과 범죄, 메마르고 고갈되어 가는 정서, 익명성과 획일성 등의 부정적 공간이 아니라 삶이 약동하는 공간이다. 시인이 큐피드의 활처럼 휜

---

106) 「筆立山頭展望」, 『全集』 1권, 68면.
　　“大都會的脈搏呀! / 生的鼓動呀! / 打着在, 吹着在, 叫着在 / 噴着在 / 飛着在 / 跳着在 / 四面的天郊烟幕蒙籠了! / 哦哦, 山岳的波濤, 瓦屋的波濤 / 涌着在,涌着在, 涌着在,涌着在呀! / 萬籟共鳴的symphony / 自然的人生的婚禮呀! / 彎彎的海岸好像Cupid的弓弩呀! / 人的生命便是箭, 正在海上放射呀! / 黑沈沈的海灣, 停泊着的輪船, 進行着的輪船, 數不盡的輪船 / 一枝枝的烟筒都開着了朶黑色的牧丹呀! / 哦哦, 二十世紀的名畵! / 近代文名的産母!”

해안선에서 가없는 바다를 향해 생명의 활을 당기는 것은 생명의 충일을 외부 세계로 투사하는 것에 다름 아니다.

배가 내뿜는 검은 연기를 '검은 모란꽃'으로, 여기서 한걸음 더 나아가 '20세기의 명화'이자 '근대 문명의 어머니'로 보는 데서 시인의 근대 문명에 대한 태도는 보다 분명해진다. 곽말약의 "이 시는 20세기 물질문명에 대한 예찬이다."[107]

다음은 근대 문명의 또 다른 대표적인 상징물인 기차에 대한 곽말약의 반응이다.

> 기차가 푸른 들판을 쏜살같이 달린다. 용맹한 소년이 희망 가득찬 앞길을 향해 분투 노력하듯이. 날아라! 날아라! 모든 푸른 찬란한 생명의 빛 물결이 내 눈앞에서 춤을 춘다. 날아라! 날아라! 날아라! 내 자아가 이 기세 높은 웅장한 리듬 속으로 녹아든다. 나는 기차 전체와, 대자연 전체와 완전히 하나가 되었다. 나는 차창에 기대 돌며 춤추는 자연을 보며 기차바퀴의 행진곡을 듣고 있다. 통쾌하여라! 통쾌하여라![108]

---

107) 聞一多, 「『女神』的時代精神」, 『聞一多全集』 3권, 356면.

108) 『三葉集』, 『全集』 15권, 122면.
"火車在靑翠的田疇中急行, 好像個勇猛忱毅的少年向着希望瀰滿的前途努力奮邁的一般. 飛! 飛! 一切靑翠的生命燦爛的光波在我們眼前飛舞. 飛! 飛! 飛! 我的自我融化在這個磅薄雄渾的Rhythm中去了! 我同火車全體, 大自然全體, 完全合而爲一了! 我凭着車窗望着旋回飛舞着的自然, 聽着車輪당髓的進行調, 痛快! 痛快! 痛快!"

기차가

크게 웃으며

…로 …로

…로 …로

…… 황으로

…… 황으로

황금의 태양으로

날다 … 날다 … 날다 … .

날듯 뛰다

날듯 뛰다

날듯 뛰다

좋아라! 좋아! 좋아! …109)

위는 1920년 3월 22일 곽말약이 전한田漢과 함께 일본의 명승지 태재부太宰府를 여행할 때, 기차를 타며 느낀 황홀감을 기차에서 종백화宗白華에게 써 보낸 편지이고, 아래 시는 1921년 4월에 일시 귀국하기 위해 곽말약이 성방오가 있는 곳으로 가는 길에 느낀 감상을 쓴 것이다.

1920년에 3월에 기차에서 느낀 황홀감은 "날아라 / 날아라"를 쉼 없이 외다가 기차표를 밖으로 날릴 정도였다. 시인은 기차가 속도가 붙으면서 점점 빨리 달리는 전진감을, " …로 …로 / …로 …로 / …

---

109) 「新生」, 『全集』 1권 157면.

　　 "火車 / 高笑 / 向…向… / 向…向… / 向着黃… / 向着黃… / 向着黃金的太陽 /

　　 飛…飛…飛… / 飛跑 / 飛跑 / 飛跑 / 好!好!好!……"

황으로 / …황으로 / 황금의 태양으로 / 날다 …날다 … 날다"라고
표현한다. 시인의 상상 속에서 기차의 달림이란 점차 목적을 향해,
황금 태양처럼 빛나는 어떤 목적을 향해 비상하는 것이다.

기차의 속도감이 상승감으로 전환되고 있다. 기차바퀴가 덜컹거리
는 것이 행진곡처럼 들리고, 통쾌하게 여겨지는 것은 그 기차의 달림
이 황금의 태양을 향한 비상으로 여겨지는 까닭이다. 그에게 기차는
비상과 전진, 도약의 상징이며, 쏜살같은 속도감은 황금의 태양과
희망을 향한 분투이다. 이렇게 보면 곽말약에게, 기차의 의미는 단순
히 근대 문물 차원이 이미 아니다. 근대성의 상징 같은 것이다. 그에
대한 곽말약의 태도는 긍정의 "좋다(好)! 좋아! 좋아!"다.

새로 탄생한 근대 문물이 주는 경이와 신선함, 그것에 대한 경험이
주는 기쁨이 곽말약에게는 있고, 그가 1921년에 귀국할 때 배가 상해
부두로 들어가면서 목격한 '모던적인 풍물' 즉 "공장에서 들려오는
기계소리, 기적소리, 석탄연기, 기중기, 담배광고, 접객하는 사람들"
을 '아름다운 풍경화'라고 하는 것도 같은 뿌리에서 발원한다.[110]
그는 이러한 풍경을 보며, "중세기의 풍경화가 미래파로 변했다"[111]
고 말한다. 전근대에서 벗어나 '모던적인 풍물'이 늘어가는 상해 모
습을, 근대화 되어가고 있는 상해 모습을 한 폭의 아름다운 풍경화로
보는 것이다. 그에게 근대화란 발전, 진보의 의미다. 기차가 황금의
태양으로 날듯이, 밝은 미래를 향한 쏜살같은 전진과 비약이, 곽말약

---

110) 『創造十年』, 111면
111) 위와 같음.

이 이해한 근대화의 의미다.

『여신』 시대 곽말약에게는 20세기 과학정신과 근대화로 인해 조성되기 시작한 물질문명에 대한 송가頌歌와 근대화에 대한 강한 동경이 있다. 때문에 문일다聞一多가 『여신』을 두고 이렇게 비판한 것이다.

> 우리의 시인 눈에서 기선의 연통은 검은 모란이 핀 "근대 문명의 산모"이고, 태양은 아폴로가 탄 모터카의 전조등이고, 시인의 마음과 태양은 "같은 회사의 전등"이고, 구름과 해가 서로 교체되며 비추는 것은 바다의 탐조등이 도는 것 같고, 기차가 달리는 것은 "용맹스럽고 굳센 소년"의 노력 같다. 그의 눈에서 기계는 이미 무생물의 도구가 아니고, 의식 있고 생기 있는 인신人神 같다. 기계의 추악성이 이미 무시되었고, 환상과 감정의 마술 아래서 아름다운 의상을 걸치고 있다.[112]

문일다聞一多가 이렇게 『여신』을 비판하는 것은 곽말약이 보는 근대화와 그가 보는 근대화 사이에 인식의 편차가 존재하기 때문이다. 근대화로 인해 새로운 세계에 대한 환상에 사로 잡혀 있는 곽말약의 근대 문명관과 근대 기계 문명의 추악함을 지적하며, "물질문명의

---

112) 聞一多, 「『女神』之時代精神」, 『聞一多全集』 3권, 356면.
  "在我們的詩人底眼裏, 輪船底烟筒開着了黑色的牧丹是近代文明的嚴母, 太陽是亞波羅坐的摩托車前的明燈, 詩人底心同太陽是"一座公司底電燈". 云日更迭的掩映是同探海燈轉着一樣. 火車的飛跑同於"勇猛沉毅的少年"之努力, 在他眼裏器械已不是一些無生的物具, 是有意識有生機如同人神一樣. 機械的丑惡性已被忽略了, 在幻像同感情底魔術之下他已穿上美麗的衣裳了呢"

결과는 바로 절망과 소극"이라고 보는, 서지마徐志摩와 함께 신월파新月派의 일원으로 활동했던 문일다의 근대 문명관 사이의 거리가 그것이다.

이 거리가 문일다로 하여금 곽말약의 서구식 근대 숭상을 비판하게 한다. "『여신』은 형식이 매우 서구화되어 있을 뿐만 아니라 정신도 매우 서구화 되어 있다"거나 "『여신』이 나올 당시, 작자는 서구화된 일본을 맹종하고 있었다"113)는 문일다의 비판이 바로 그것이다.

문일다의 곽말약에 대한 비판의 타당함을 인정하는 차원에서 볼 때, 적어도 『여신』 시기에 곽말약은 중국이 서구(혹은 서구를 본뜬 일본)식 근대화에 대한 동경에 빠져 있었던 셈인데, 여기서 문제가 되는 것은 이러한 서구식 근대화에 대한 동경과 곽말약의 민족의식 사이의 관계다.

서구와 일본은 그가 맹종하고 있는 근대화의 길을 중국보다 앞서 가고 있는, 한층 근대화된 나라이기도 하지만, 그 서구와 일본은 당시 중국에 제국주의의 형식으로 출현하여 중국을 민족 위기로 내몰고 있는 현실이 문제인 것이다. 근대화에 대한 숭상과 동경과 민족의식 사이의 모순과 충돌이 여기에 내재되어 있다. 곽말약이 1921년 4월에 일시 귀국했을 때 항주杭州행 기차에서 겪은 체험은 이 둘 사이의 모순과 충돌을 전형적으로 압축해 놓고 있다.

곽말약은 1921년 4월 8일부터 11일까지 성방오와 함께 서호를 유람한다. 이때 그는 항주행 기차를 타고 가며 기차 안에서 상해의 건달

---

113) 聞一多, 「『女神』之地方色彩」, 『聞一多全集』 3권, 340면.

정객 같은 사람들이 기생을 끼고 흥청망청 먹고 마시는 것을 목격한다. 이들은 요리를 시켜다 먹고, "맥주를 소 물마시듯 꿀꺽꿀꺽 들이키기도" 하고, 남녀가 다 담배를 피우며, 시끌벅적하며 노름을 했다. 그 기차에는 서양 사람과 일본 사람들이 같이 타고 있었다.114)

일본 사람들은 박식가인듯 변설을 늘어놓다가도 가끔 극히 경멸적인 시선으로 음식과 도박에 정신이 나간 그 패거리의 중국 사람들을 바라보고 웃어대곤 하였다. 나와 방오仿吾는 일본 제국대학의 제복을 입고 있었다. 그들은 아마 우리를 일본 사람들으로 여겼던지 멀리서 우리에게 그 꼴을 눈짓해 보이는 사람이 있었다. 나의 두 눈에는 또 값없는 눈물이 글썽거렸다. 내가 분개한 것은 물론 우리 동포들이 너무도 경쟁심이 없었기 때문이었고, 동시에 중국의 정치적 국면과 국제 정세가 연상되었기 때문이다. 차안의 정경은 바로 이런 시국의 축도로 되어 있었다.115)

곽말약의 이러한 회상에 주목하여 여기에 의미를 부여한 사람은 일본의 중국 현대문학 연구자 이토 토라마루伊藤虎丸이다. 그는 이 대목을 다음과 같이 풀고 있다.

곽말약은 한편으로 중국인의 한 사람으로 일본이 급속하게 근대화하여 성장한 것이 중국에 대한 침략이라는 것을 지지하고 있고, 다른

---

114) 한국선 옮김, 『학생시절』, 84면.
115) 위와 같음.

한편으로는 그가 입고 있는 것이 일본 근대화를 상징하는 '제국대학 교복'으로, 일본의 눈으로 중국인들이 강해지려 하지 않고, 장래성 없는 낙후를 보았다(혹은 그가 보도록 했다). 그의 원통한 감정은 두 개의 다른 각도가 서로 모순되면서 이루어진 것이다.116)

요컨대, 열차 안에서 기생들과 술을 마시며 노름을 하는 중국인들을 보는 곽말약의 시선에는 한 사람의 중국인으로서 중국인을 비웃는 일본인에 대한 분노가 있는 한편으로, 그들보다 근대화된 '제국대학 학생'의 신분으로 중국인들의 낙후를 보는 근대화된 시선과 일본식의 근대화를 상정하는 무의식이 함께 들어 있다는 것이다. 이를 말을 바꾸어 표현하면, 곽말약에게는 근대화에 대한 욕망과 지지가 민족적 굴욕감과 함께 동전의 앞뒷면을 이루고 있다는 얘기다.

이렇게 보자면, 곽말약에게는 당시 서구나 일본 등의 제국주의가 근대화 차원에서 동경의 대상인 동시에 증오의 대상이기도 하다. 곽말약과 제국주의 사이에 형성된 이러한 동경-증오의 양가적인 관계는 르네 지라르René Girard의 욕망의 구조에서 말하는 주체와 타자의 관계를 연상시킨다. 르네 지라르에 따르면 모든 욕망은 타자에 의해 매개되고, 타자에 의해 촉발된 욕망이다.117)

욕망의 주체와 대상 사이에는 그 대상을 욕망하게 한 타자가 숨어 있으며, 그런 의미에서 모든 욕망은 주체와 대상, 타자로 이루어지는

---

116) 伊藤虎丸,「創造社和日本文學」,『日本學者研究中國現代文學論文選粹』(長春 : 吉林文學出版社, 1987), 177면.

117) 김현,『르네 지라르 혹은 폭력의 구조』(나남, 1987), 30면.

이른바 '삼각형의 욕망'이다. 어떤 것을 욕망한다는 것은 어떤 것을 욕망하게끔 촉발되었다는 것을 뜻한다. 욕망과 주체 사이에 전범典範으로서의 타자가 개입되어 있으며, 주체는 전범인 타자를 모방하려 한다는 면에서 그의 욕망은 근본적으로 모방적 욕구이다. 타자의 중개는 외적 중개와 내적 중개, 둘로 구분되는데 그것들은 다음과 같이 작동한다.

> 외적 중개에 있어, 중개자는 훌륭한 전범이며, 욕망의 주체는 그를 마치 기독교도들이 예수를 모방하듯 모방한다. 모방은 공개적으로 인정되고 추구된다. 그러나 내적 중개에 있어서 타자는 전범이 되기는커녕 오히려 경쟁자가 되어, 타자와 욕망의 주체 사이에는 경쟁 상태가 이뤄지고, 전범은 방해자가 된다. 모방은 공개적으로 인정되지 않고 오히려 부인된다. 욕망의 주체는 전범을 찬탄하면서도 증오하기에 이르는데, 왜냐하면 그와 그의 전범은 같은 대상을 욕망하기 때문이다. 타자는 전범이기 때문에 경쟁하며, 경쟁하기 때문에 전범이다. 경쟁자와 -전범 그 사이에는 계속적인 욕망의 오고 감이 있으며, 그것은 갈수록 강화되어, 둘 사이의 차이점은 갈수록 줄어든다.[118]

항주행 기차 안에서의 체험을 통해 볼 때, 곽말약에게 제국주의는 르네 지라르가 말하는 욕망의 내적 중개자와 닮았다. 욕망을 불러일으키는 전범이자 동시에 그 욕망을 방해하는 장애로서 제국주의가 곽말약의 욕망 내에서 작동하고 있는 것이다. 중국보다 근대화에 앞

---

118) 위와 같음.

서 있는 제국주의에 대한 선망과 갈망, 민족과 자아를 굴욕으로 몰아
넣는 제국주의에 대한 증오가 함께 있는 것이다. 이 증오와 선망은
분리되어 있는 것이 아니라 하나인데, 왜냐하면 주체로서의 곽말약
의 욕망과 타자로서의 제국주의는 '근대화'라는 같은 대상을 욕망하
고 있기 때문이다.

　문제는 바로 곽말약과 제국주의가 같이 '근대화'를 욕망한다는 데
있다. 곽말약의 이러한 인식은 결국 근대화라는 욕망을 위한 '타자(제
국주의) 베끼기' '타자 뒤쫓기'에 몰두하는 차원이다. 그에게 제국주
의란 전범-방해자, 찬탄-증오라는 양가적 대상이지만, 같은 대상을
욕망한다는 점에서 볼 때는 결국 '타자 베끼기' 속에서 '타자를 점점
닮아가기'가 그의 지향일 수밖에 없는 것이다. 그것은 물론 근대화를
위한 '베끼기'이고, '닮기'이다.

　곽말약은 아마 이러한 '타자 베끼기'를 통한 '타자를 점점 닮아가
기'가 당시 중국의 민족 위기를 해소시킬 방책이라고 생각했던 것
같다. 중국이 일본이나 서구를 닮아 그처럼 근대화된다면 민족적 굴
욕감에서 벗어날 수 있다고 여긴 것 같다. 항주행 기차 안에서 그가
일본인들의 경멸적인 눈초리에서 제외되었던 것은 일본의 근대화를
상징하는 제국대학 교복 때문이었다. 곽말약이 규슈대학으로 이사하
면서 '지나인' 곽말약이 아니라 '규슈제국대학생' 곽말약으로서 여관
에서 겪은 체험도 이와 유사하다. 여관 주인에게 수모를 당한 뒤,
나중에 주인은 곽말약이 당시 명문이던 규슈제국대학 학생임을 알게
되는데, 그 뒤 주인의 태도는 완전히 달라진다.

'아니, 선생이 대학생이세요! 죄송합니다, 죄송합니다!' 그가 고개를 조아리더니 문을 뛰쳐 나서며 하녀들에게 욕을 퍼부었다. '너희들 대체 무슨 짓거리들이야? 대학생이셔 대학생! 얼른 다른 방 좀 알아 봐, 얼른! 이런 멍청이들 같으니라구! 어떻게 대학생을 이런 방에 모셔?!'[119]

대학생이란 신분, 그것도 명문 제국대학 대학생이란 신분이 '지나인'이란 신분을 무화시켜 버린 것이다. 일본 근대화의 상징인 제국대학 대학생이 된다는 것이 굴욕과 치욕을 씻어 주었듯이, 중국이 굴욕과 치욕에서 벗어나는 길이 일본처럼 근대화 되는 것, 즉 닮아 근대화 되는 데 있다는 것을 곽말약은 체험을 통해 터득했을 것이다.

이런 사고는 곽말약뿐만 아니라 같은 시기에 일본에서 유학하고, 곽말약과 함께 창조사創造社를 결성, 문학 활동을 했던 욱달부에게도 보인다. 욱달부의 대표작인 『침륜』이 그 좋은 예다. 『침륜』에서 주인공은 여자에 강한 욕망을 품고 있지만, 그와 여자 사이를 가로막고 있는 것은 그가 '지나인支那人'이란 사실이다. 『침륜』에서 그를 상대하던 기녀가 그의 방을 나가 다른 일본 손님에게로 가 버리는 것은 그가 중국인이라는 걸 알았기 때문이다. 적어도 주인공 스스로는 그렇게 생각한다. 일본 여자들이 그를 경멸하는 것은 그가 '지나인'이

---

119) 「孤鴻－致成仿吾的一封信」, 『全集』 16권, 15면.
　　 "喂呀, 你先生是大學生呀! 對不住, 對不住!" 他叩了幾個頭便跳起來, 出門大罵下
　　 女. "你們攪的什麼亂子啊? 大學生呢! 大學生呢! 快看房間! 快看房間! 啊, 你們
　　 眞混賬! 怎麼把大學生引到這間屋子?!"

기 때문이며, 중국이 부유해지고, 강해지면 모욕과 경멸을 받지 않고 여자들을 품안에 안을 수 있으리라 생각한다. 주인공이 작품의 말미에서,

"조국이여! 조국이여! 나의 죽음은 바로 네가 나를 해친 것!"
"너 어서 부자가 되거라! 강해지거라!"
"너에게는 아직도 고통받고 있는 수많은 젊은이가 있다!"[120]

라고 절규하는 것은 이 같은 맥락에서다. 곽말약의 경우처럼 민족적 굴욕감과 조국의 부강에 대한 열망이 겹쳐 있는 형국인데, 이 겹침은 다음에서 극명하게 드러난다.

"개 자식들! 속물들! 네놈들이 나를 등신 취급하는 거냐? 복수다! 복수! 내 기어코 너희들에게 복수하리라. 세상 어디에 진실한 마음을 지닌 여자가 있더냐? 그녀도 배신하는 년. 네가 감히 나를 버려두는 거냐? 그만 두어라. 그만 둬. 다시는 여자를 사랑하지 않으리라. 다시는 여자를 사랑하지 않으리라. 나는 나의 조국을 사랑한다. 나는 나의 조국을 애인으로 삼으련다."
그는 즉시 뛰어 돌아가 발분하여 열심히 공부하려 했으나 그의 마음은 도리어 옆방의 그 속물들을 부러워하였다. 그의 마음속 한구석에는 아직도 그 기녀가 자기 있는 곳으로 다시 돌아오기를 바라고

---

120) 郁達夫, 「沈淪」, 『郁達夫全集』 1권(杭州 : 浙江文藝出版社, 1992), 56면.
    "祖國呀祖國! 我的死是你害我的!" "你快富起來! 强起來把!" "你還有許多兒女在那裏受苦呢!"

있었다.[121]

주인공을 등신 취급하는 '속물들'에 대해 복수심이 북받치고, 그 복수심이 조국을 애인처럼 사랑하겠다는 의지로 전환되지만, 그 주인공이 끝내 떨치지 못하는 것은 그 속물들에 대한 부러움이고, '그녀'에 대한 그리움과 그녀를 품고 싶은 욕망이다. 이를 상징의 차원에서 풀어 보자면, 1910년대 말과 1920년대 초, 곽말약과 욱달부에게 '그 속물들'이란 제국주의 같은 것이고, '근대화'란 바로 '그녀' 같은 것이었을 것이다. '그 속물들'과 주인공 '그'는 같이 '그녀'를 욕망하지만, '그 속물들'은 나보다 우월하고 뛰어나다. 주체와 주체의 욕망에 개입하고 있는 타자 사이는 부러움-증오의 관계이다.

굴욕을 체험하도록 하는 제국주의에 대한 증오가 그에게 있지만, 서구나 일본 식의 '근대화'를 욕망의 대상으로 하고 있다 했을 때, 그가 선택할 수 있는 민족 위기 타개의 전략은 오직 하나, 즉 '타자(제국주의) 베끼기' '타자를 쫓아가며 닮기'를 통해 욕망을 실현하는 것이다.

그러나 불행히도, 이 욕망의 실현 가능성은 매우 희박하다. 르네

---

121) 위의 책, 51면.

"狗才! 俗物! 你們都敢來欺侮我麼? 復仇復仇, 我總要復你們的仇, 世間哪里有眞心的女子! 那侍女的負心東西, 你竟敢把我丟了麼? 罷了罷了, 我再也不愛女子了, 我再也不愛女人了. 我就愛我的祖國, 我就把我的祖國當作了情人吧." 他馬上就想跑回去發憤用功. 但是他的心理, 却很羨慕那間壁的幾個俗物. 他的心理, 還有一處地方在那裏盼望那個侍女再回到他這裏來.

지라르가 지적한 대로 타자와 주체는 동일한 욕망 실현을 위한 경쟁자이고, 이로 인해 치열한 경쟁이 존재하며, 이 경쟁에서 이기기 위해, 상대를 밀어내기 위해 폭력이 동원되기 때문이다.

제3세계 근대에서 제국주의는 근대화에 대한 욕망을 부추기면서도 한편으로는 끊임없이 근대화를 가로막았다. 물리력을 동원한 강제와 비교우위란 이름의 착취로 근대화를 가로막는다. 더구나 근대화에 앞서 있는 전범으로서의 제국주의는 피지배와 지배를 낙후와 진보라는 진화론적 우열 관계로 치환시켜 침략과 지배를 위장한다. 설령 제국주의가 강제와 착취를 포기한다 하더라도 이 욕망은 실현이 불가능한데, 왜냐하면 그 '베끼기'나 '닮기'는 그 궁극 실현이 계속 유예되면서 영원히 과정으로만 계속될 것이 자명하기 때문이다.

"속도를 전제로 하는 모든 사상은 속도로써는 극복될 수가 없는 법"이고, "근대화론이 바로 이것인데, 합리적인 틀 속에서 볼 때, 앞선 자가 더 빠른 속도로 앞질러 가는 이상, 뒤진 자가 따라잡을 방도는 없는 것이다."[122]

곽말약이 '타자' 즉 제국주의를 쫓아가며 닮기의 방법으로 근대화라는 그의 욕망을 실현할 수 없다는 것을 자각하기 시작한 것은 대략 1921년 4월의 일시 귀국 이후부터다. 시집으로 보자면, 『여신』의 시대가 끝나고 『성공星空』의 시대가 시작될 때부터다. 그 촉발의 계기는 당시 상해에서 보고 느낀 엄혹한 사실의 교훈이었다.

---

122) 김윤식, 「근대문학의 세 가지 시각」, 『한국문학의 근대성과 이데올로기 비판』(서울대출판부, 1987), 27면.

곽말약이 1921년 4월에 일시 귀국했을 때, 곽말약을 일깨웠던 가장 심각한 사실의 교훈은 중국이 자신이 일본에서 그리던 것과 같은 '아름다운' 애인이 아니라는 점이었다. 4월 3일 배가 상해에 도착하던 순간, 곽말약은 그 황홀감을 이렇게 표현한 바 있다.

> 배가 황포강 어구에 들어서자 강 양쪽의 경치는 무척 애인 같았다. 때가 봄인데다 비바람이 치고 난 뒤 맑은 새벽처럼 황포강의 엷은 노랑색의 물과 갈매기 같은 유람선, 일렁이는 비취빛 버들 물결의 일망무제의 대륙은 정말 살아 있는 한 폭의 네덜란드 화가의 풍경화였다. 수년 동안 갈망하던 고향, 애타게 그리던 애인은 참으로 사람의 영혼이 위안을 얻을 수 있는 곳이었고, 배전에 기대고 있는 황홀한 상태 속에서 그 애인의 품으로 — 황포강의 강심江心 속으로 뛰어들고 싶었다.[123]

조국이 이토록 황홀했던 것은 곽말약이 일본에서 조국의 약함으로 인해 당했던 굴욕감과 생활의 어려움이 반사적으로 조국에 대한 강렬한 사랑으로 발현되었기 때문이다. 중국이 매우 이상화되고, 관념화되어 있었던 것이다. 그런데 이 환상은 상해上海에 발을 들여 놓는

---

[123] 『創造十年』, 110면.
"船進黃浦江口以後, 那兩岸的風光的確是很愛人的, 時節是春天, 又是風雨之後晴朗的淸晨, 黃浦江中的淡黃色的水, 像海驢一樣的遊船, 漾着靑翠的柳波的一望無際的大陸, 眞是一幅活的荷蘭畵家的風景畵. 幾年來所渴望着的故鄕, 所焦想着的愛人, 畢竟是可以使人的靈魂得到慰安的處所, 靠在船圈上呈着一種恍惚感的狀態很想跳進那愛人的懷裏-黃浦江的江心裏去"

순간 깨지게 되는데, 「상해 인상上海印象」이란 시는 바로 그 환상의
파멸을 적고 있다.

나는 꿈에서 깨어났다!
　Disillusion의 비애여!

떠도는 시체
　떠들썩한 고기,

남자들의 긴 두루마기
　여자들의 짧은 소매,

보이는 것 온통 해골
　거리에는 온통 관,

멋대로 끼어들고
　멋대로 가고.

내 눈은 눈물을 흘리고
　내 마음은 토하다.

나는 꿈에서 깨어났다.
　Disillusion의 비애여!124)

---

124) 「上海印象」, 『全集』 1권, 162면.

194 곽말약과 중국의 근대

상해에 도착한 다음 날인 1921년 4월 4일에 쓴 것이다. 하루 사이에 꿈이 환멸로 바뀌어 있다. 곽말약의 회고에 따르면, 당시 상해에서 유행하던 긴 중국 두루마기를 입은 남자와 짧은 소매 옷을 입은 자들로 가득한 거리가 해골로, 시체로 보였고, 그들의 얼굴에 영양부족기가 서려 있었다고 한다.[125]

곽말약이 배에서 상해의 '모던적인 풍물'을 아름다운 풍경화로 보게 되지만, 곽말약이 그 '아름다운 풍경화'에 도취하지 못한 것은 그 "미래파의 그림이 중국 사람이 그린 그림이 아니라는 사실 때문"이었다.[126] "중국 사람이 경영하는 공장이 아니라는" 사실, "자기 동포들이 타민족의 채찍 밑에서 신음하고 있다"는 현실에 대한 깨달음이 '모던적인 풍물'로 이루어진 '아름다운 풍경화'에 도취할 수 없게 만든 것이다. "아름다운 풍경화가 타민족에 짓밟히고 있다!"[127]라는 안타까움이 곽말약에게 절실했던 것은 중국 근대화에 대한 그의 열망이 강렬하지만, 현실에서는 제국주의가 중국의 근대화를 가로막고 있고, 동포들이 "타민족의 채찍 밑에서 신음하고" 있다는 민족적 비애가 제국주의에 대한 반감으로 표출된 때문이다.

중국의 근대화를 갈망하는 곽말약은, 그것이 제국주의에 저지당하

"我從夢中驚醒了! / Disillusion的悲哀喲!//游閑的尸,淫囂的肉 / 長的男袍 / 短的女袖 / 滿目都是骷髏 / 滿街都是靈柩 / 亂闖 / 亂走 / 我的眼兒淚流 / 我的心兒作嘔 //我從夢中驚醒了 / Disillusion的悲哀喲"

125) 『創造十年』 112면.
126) 『創造十年』, 111면.
127) 위의 책, 112면.

고 있으며, 때문에 제국주의가 중국에 있는 한 실현 불가능하다고
본다. 주체의 욕망을 막는 장애로서 제국주의가 곽말약에게 인식되
는 것이다. 제국주의와 중국의 자본주의 발전 관계에 대한 곽말약의
언급이다.

> 유럽 전쟁(1차대전—인용자) 기간 동안에 중국의 자본주의는 해마
> 다 계속되는 내란의 피해를 받았지만, 그래도 새싹들이 싱싱하게 자
> 라나는 것을 볼 수 있었다. 상해와 천진에서는 한때 방직공장들이
> 우후죽순처럼 많이 생겨났다. 그러나 유럽 대전이 끝난 뒤 유럽 자본
> 주의 세력이 다시 권토중래하여 막 자라나기 시작한 그 죽순들을
> 거의 전부 뽑아 기름 가마에 넣어 버렸다. 각성한 사람들은 그 무형의
> 제국주의에 저항하지 않으면 민족자본주의마저도 발전시킬 수 없다
> 는 것을 깨닫게 되었다.[128]

곽말약의 이 언급은 중국의 자본주의 발전은 제국주의 때문에 불
가능하다는 것이다. 제국주의가 중국의 근대화를 가로막고 있으며,
상해에서 그려지고 있는 근대의 '아름다운 풍경화'를 "짓밟고 있다"
는 각성이 생기면서 곽말약은 일종의 과도기에 들어간다. 지금까지

---

128) 위의 책, 263면.
　"但也看了它的暢茂的發芽, 上海天津的絲廠有一個時期如像雨後的春筍一樣蔟
　生了起來. 但自歐戰結束了以後, 歐洲資本主義的勢力又捲土重來, 把那蔟生起來
　的春筍幾乎全部都拔了起來進了油鍋. 中國的覺悟了的人在這兒明白地看見了那
　無形的帝國主義的勢力, 覺悟到中國如不抗拒帝國主義, 就連民族資本主義都不
　能夠發展."

가졌던 그의 욕망 실현을 위한 구도가 차단당하고, 깨지면서 현실에 대한 전투적 응전력을 급격히 잃어버린다.

1921년 4월 이후부터 1924년 4월 마르크스주의자임을 선언하기까지는 곽말약의 과도기다. 이 과도기는 그의 이상주의와 영웅주의, 그리고 근대화에 대한 욕망이 좌절되면서 시작된다. 이전의 세계 인식과 세계 변혁의 구도는 붕괴되었으나, 이를 대체할 새로운 세계 인식과 세계 변혁의 구도는 아직 형성되지 않은 단계에 놓인 채 방황한다. 사상의 푯대를 찾지 못하고 있었음은 물론이고, 창조사의 문학 활동 또한 여의치가 않았으며, 가정의 경제난은 더욱 가중되었고 이로 인해 가정불화가 끊이지 않았다.

그를 사로잡았던 것은 'Dissillution의 비애'였다. 『여신』 시기의 범신론적 세계관이 급격히 퇴조하고, 근대 문물에 대한 거의 맹목에 가까운 찬양도 퇴조한다.

그러나 그 비애와 방황 속에서 새로운 모색이 계속 진행된다. 자본주의 근대에 대한 대자적 의식이 싹트고, 사유제와 자본주의의 기형적인 물질주의를 비판하고, 노동자를 찬양하기도 한다. "이상주의와 낭만주의 풍토에서 자아를 발견하고 자연을 찬미한 시절"이자, 한편으로는 "러시아에서 성공한 10월 혁명이 파급되고 중국공산당이 창당되면서 이런 주변적인 영향이 곽말약을 전변의 계기로 몰아넣은" 시기라고 할 수 있다.[129]

이 시기 그의 정치의식의 심화는 당시 중국 현실의 정치적 분위기

---

129) 허세욱, 『중국현대시연구』(명문당, 1992), 311면.

와 그가 개인적으로 '고군파孤軍派'와 접촉하며 정치문제를 놓고 토론을 진행하는 등 '고군파'의 준동인처럼 활동한 것에 힘입었다. '창조사' 일로 중국에 자주 왕래하고, 특히 의대를 졸업한 뒤, 1923년 4월 1일에 가족을 데리고 귀국하여 상해에서 지내면서 중국 현실에 대한 이해가 깊어졌고, 당시 중국 지식계의 분위기도 그의 정치 인식을 깊게 하는 데 영향을 미쳤다.

곽말약이 상해에서 '환멸의 비애'를 느낀 뒤 일본으로 돌아간 이후인 1921년과 1922년에 씌어진 『성공星空』의 시편들은 상처받은 자아의 고통과 고독, 방황이 작품의 주조를 이루고 있다. 이는 곽말약의 표현대로 "범신론이 퇴조한 뒤 아직 조금 남아 있는 물결, 혹은 죽음의 적막"상태, "일찍이 『여신』을 탄생시킨 것과 같은 화산폭발 식으로 안에서 이는 정감이 사라진"130) 시기에 씌어졌기 때문이리라.

> 나는 화살에 찍힌 기러기를 보았다
> 아아! 그것은 상처받은 용사
> 그가 끝없는 모래사장에 누워
> 반짝이는 저 별들을 우러러 볼 때도
> 무한한 위안을 느꼈으리131)

---

130) 「序我的詩」, 『郭沫若論創作』(上海 : 上海文藝出版社, 1982) 214면.
131) 「獻詩」, 『全集』 1권, 173면.
　　"我看見一只帶了箭的雁鵝 / 啊!　它是個受了傷的勇士 / 它偃臥在這莽莽的沙場之時 / 仰望着那閃閃的幽光 / 也感受了無窮的安慰"

현실을 파괴하고 다시 창조하라고 외치던 이상주의에 들떠 있던, 미래에 대한 희망으로 충만했던 영웅의 모습은 더 이상 없다. 그 영웅은 이제 '상처받은 용사'이고, 화살이 몸에 박힌 채 모래사장에 누워 있다. 그를 위로하는 것은 오직 하늘에 뜬 별뿐이다. 그러나 그 하늘의 별들도 『여신』에서처럼 범신론적인 찬미와 숭배의 대상이 아니다. 상처받은 영혼을 달래주는 위안의 대상이다. 이 당시 삶에 대한 절망감이 얼마나 깊고, 삶에 대한 부담감이 얼마나 무거웠는가 하면, 그가 인생을 마시지 않으면 안 될 '쓴잔(苦杯)'으로 비유하면서,

아아
사람은 왜 살아야만 하는가?
하늘은 왜 밝아야만 하는가?
쓴 잔이여,
나는 왜 비워야만 하는가?[132]

라고, 비탄할 정도다. 삶이 고역일 뿐이고 즐거움이 없다. 시의 정조는 『여신』의 시들과 비교해 볼 때 매우 무겁고, 낮다. 그는 자신을 드넓은 바다에 뜬 채 방황하는 배로 비유하기도 하는데, 그 배는 끝없는 바다를 향한 항해의 의지로 충만해 있다기 보다는 방황하고 있고, 이 방황의 심각함은 방황 자체를 삶의 원리로 삼겠다고 할 정도

---

132) 「苦味之杯」, 『全集』 1권, 187면.
　　"啊啊, 人爲什麽不得不生? / 天爲什麽不得不明? / 苦味之杯喲 / 我爲什麽不得不盡量傾飮?"

이다.

그래서 그는 "나는 내 유한한 생애가 / 이 끝없음의 가운데서 영원히 방황하길 원한다"고 말한다.[133] 이때 그가 「황해의 비가(黃海中的悲歌)」 등 열 편의 시를 『창조계간創造季刊』 1권 3기(1922년 11월 25일자)에 발표하면서, 제목을 「방황仿徨」이라 붙이기도 했다.

1920년대 곽말약의 방황과 절망이 가장 절정에 이르렀던 때는 1923년과 1924년이다. 즉, 그가 마르크스주의를 승인하기 전의 1-2년이다. 이때 곽말약이 비관과 절망에 빠졌던 것은 대략 세 가지 차원에서 살필 수 있을 것이다.

우선, 첫째는 창조사의 내부분열과 해체다. 창조사의 내부분열은 욱달부가 북경대학으로 간 것이 계기가 됐다. 욱달부는 1923년 9월 북경대학의 통계학 강의 초청을 받고, 상해를 떠나면서, 『창조계간』과 「창조일創造日」의 정간을 제의한다. 곽말약이 만류했지만 욱달부는 정간하지 않으면 원고를 보내지 않겠다며 거절했다.[134] 욱달부가 떠난 뒤, 성방오와 둘이서 「창조일」, 『창조계간』, 「창조주보」 등 세 간행물을 책임지다가 결국 「창조일」과 「창조주보」를 정간하게 된다.

곽말약은 실의 속에서 「창조주보」 최종호 편집을 끝내고 1924년 4월 1일 일본으로 떠난다. 성방오도 광동廣東으로 떠나고, 이로 인해

---

133) 「海上」, 『全集』 1권, 203면.
134) 이즈음의 구체적 정황에 대해서는 『創造十年』 251-262면 참조. 이하 당시 상황에 대한 언급은 특별히 밝히지 않는 한, 모두 이 책에 의거한다.

1기 창조사(1922-24)는 해산된다.

창조사 해산은 표면적으로 보면 욱달부의 이탈이 계기가 된 것 같다. 그렇지만, 해체의 핵심적 원인은 창조사 동인들의 문학활동 자체에서 찾아야 할 것이다. 즉 "창조사의 내부분열은 낭만주의자의 주관성이 초래한 당연한 결과"로, 그들이 "현실문학운동이나 그 경제적 기반이라는 현실문제를 깊이 고려하지 않았기 때문이고, 여기에서 생긴 무리가 인간관계에도 미쳤던 것"이라 할 수 있다.[135]

곽말약 등은 "애초부터 문학활동의 경제적 기반이나 조직 등에는 거의 관심이 없었고, 그것을 가질 만한 능력도 없었"으며, "진실로 곽말약이 말하듯 자아표현(自我表現)의 발표 장소를 확보하는 것 이상을 생각하지 않았던 이다."[136] 어쨌든, 곽말약으로서는 문학을 통해 현실에 대해 발언하고, 그 속에서 자신의 의미를 찾을 수 있는 중요 근거를 잃어버린 셈이다.

둘째로는 이 당시 곽말약의 경제난과 일본인 아내와의 갈등이다. 원래 대학을 마치고 올 때, 아내와 자식들을 모두 데리고 왔으나, 아내가 중국 생활에 적응을 하지 못한 데다, 창조사(創造社)의 잡지를 내던 태동서국(泰東書局)에서 월급도 주지 않음으로 인해 생활의 고통이 심했다. 결국 "일본으로 돌아가자고 들볶던" 아내가 아이들을 데리고 일본으로 가버렸다. 곽말약의 표현에 따르면 이 시기는 "집안의 풍파가 끊일 날이 없던" 때이다.[137]

---

135) 中屋敷宏, 「郭沫若論」, 『中國關係論說資料』 13권 2분책(상), 191면 참조.

136) 위와 같음.

셋째는 사상적 방황이다. 곽말약은 당시 사생활의 파탄과 그로 인한 어려움과 더불어 "나 자신의 사상에서도 일종의 진퇴유곡의 고민을 느꼈던 참이다"고 회고한 바 있다.[138] "종전의 범신론 사상과 개성의 발전이니 자유니 표현이니 하는 것은 어느덧 머리에서 청산"된 가운데 "마르크스-레닌주의의 내용을 검토해 보고픈 동경이 있던" 때였다.[139] 그렇지만, 곽말약은 스스로의 말대로 "방향을 전환할 능력이 없었다."[140]

그런 가운데 "상해의 공기가 싫어 하루라도 더 머물러다가는 숨막혀 죽을 것 같아"[141] 1924년 4월 1일 일본으로 간다. 그리고 바로 4월과 5월 사이에 가와카미 하지메河上肇의 『사회조직과 사회혁명』을 번역하게 되고, 마르크시즘의 신도가 되는 가운데 "종전에는 길을 잃고 무위에 빠지고, 번뇌하고 표류하고, 심지어 자살을 생각했었으나 이제는 문제를 해결할 수 있는 관건을 깨닫게 되었다"[142]고 고백하게 된다.

---

137) 『創造十年』, 265-267면 참조.

138) 위와 같음.

139) 위와 같음.

140) 위의 책, 263면.

141) 龔濟民·方仁念, 『郭沫若年譜(上)』(天津 : 天津人民出版社, 1982), 130면.

142) 「孤鴻－致成仿吾的一封信」, 『全集』 16권, 10면.

5. 마르크스주의, 근대화와 민족주의 이데올로기

곽말약이 마르크스주의자임을 자처한 것은 1924년 4월과 5월 사이에 가와카미 하지메의 『사회조직과 사회혁명』을 번역하고 난 뒤부터다. 그는 이 책을 번역하고 난 뒤, 성방오에게 보낸 편지에서 "나는 이제 마르크스주의의 철저한 신도가 되었다"면서, "마르크스주의는 우리가 처한 이 시대의 유일한 진리다"[143]고 선언한다.

물론 곽말약은 이 선언이 있기 전에도 자본주의에 대한 반감과 러시아 혁명에 대한 공감을 많이 드러냈다. 1923년 5월에 쓴 「실업을 권하는 벗(勵失業的友人)」이란 시에서는 자본주의 제도 아래서 직업이란 자본가의 주구가 되는 것일 뿐이라며, "이제 정신을 떨쳐 이 만악萬惡의 마굴을 타도하기로 맹세하자"고 했다.[144] 「황하와 양자강의 대화(黃河與揚子江的對話)」에서는 "러시아 무산 독재처럼 모든 낡은 것을 뒤엎자"고 촉구하고,[145] 「태양이 사라지다(太陽沒了)」에서는 레닌을 태양에 비유하며 레닌의 죽음을 애도하기도 했다.[146]

---

143) 「孤鴻 – 致成仿吾的一封信」, 『全集』 16권, 8면.

144) 「勸失業的友人」, 『全集』 1권, 321면.

145) 「黃河與揚子江的對話」, 『全集』 1권, 314면.

146) 국내외 곽말약 연구 가운데, 1924년 이전에도 곽말약이 노동자, 농민 혁명을 주장하는 시를 썼다는 근거로 곽말약이 1922년 9월에 『孤軍』 창간호를 위해 쓴 「前進曲」(발표 당시는 「孤軍行」)이란 시를 거론하는 경우가 많다. 그러나 이런 분석은 곽말약이 1928년에 『前矛』에 수록할 때 이 시의 4연을 수정했다는 점을 고려하지 않고 있다. 원래는 시는 "나가자! / 진실의 횃불을 밝히자 / 정의의 징을 울리자 / 진리의 창을 들자 / 나가자 나가자 나가자"로 되어 있으나 곽말약은 1928년에 이를 이렇게

물론 이 당시 자본주의에 대한 반감과 러시아 혁명에 대한 공감은 일반 민주주의 차원에서 나온 것이 많고, 곽말약 자신의 말대로 "종전에는 단지 막연하게 개인 자본주의에 증오를 품었고, 사회 혁명에 믿음을 가졌다"[147]는 점이 중시되어야 한다. 그러나 어떤 차원에서 발원하였든 간에 자본주의에 대해 반감과 러시아 혁명에 대한 우호적 지향을 지니기 시작했고, 이런 가운데 가와카미 하지메의 『사회조직과 사회혁명』을 번역하는 '계기'를 통해 그런 지향을 전면화시키고, 마르크스주의자임을 선언하게 된다.

곽말약에게 마르크스주의의 접수는 우선은 자아와 민족의 구원과 위기 타개를 위한 '유일한 진리'라는 차원에서 받아들여졌다. 앞에서 살펴본 대로 1923년과 1924년 곽말약은 극도의 절망에 싸여 있었는데, 이 절망을 일소에 해소시켜 준 것이 마르크스주의였다.

이 책을 번역하고 난 뒤, 일생의 전환기가 됐다. 나를 반수면 상태에서 불러 깨운 것이 그 책이며, 나를 갈림길의 방황에서 이끌어 낸

바꾼다. "나가자! 나가자! 나가자! / 세상의 모든 노동자 동민들아 / 우리에게는 서로에게 줄 창이 있다 / 우리 온몸에 끓는 피로 / 이 어두운 도시를 붉게 물들이자 / 우리의 고통을 단축시키고 / 새로운 세계를 탄생시키자." 원래의 시가 일반 민주주의의 차원이었다면, 수정된 시는 노동자 농민에 의한 세계 전복을 갈망하고 선동하는 시다. 곽말약이 마르크스주의를 수용하고 나서 수정한 시를 가지고 1924년 이전 곽말약의 사상과 시를 설명하는 오류를 범하는 일은 없어야 한다. 곽말약 시를 연구할 때 가장 기초가 되어야 할 것은 텍스트의 수정 여부를 면밀히 검토하는 일이다. 곽말약의 경우 자기 시에 대해 많은 손질을 가했기 때문에 이 작업은 불가피하고, 중요하다.

147) 「孤鴻—致成仿吾的一封信」, 『全集』 16권, 10면.

것이 그 책이며, 나를 죽음의 어두운 그림자 속에서 구출한 것이 그 책이다. 나는 작자에게 아주 고맙고, 마르크스 레닌에게 아주 고맙다.[148]

그에게 마르크스주의란 자아의 구제원리로,[149] 자아의 부활을 가져다주는 원리인 셈이다. 때문에 그는,

나는 지금 이미 부활했다, 부활했다.
이 혼돈스러우나 희망 있는 세상에서.[150]

라고 자기의 부활을 선언한다. 이 부활은 단지 방황의 길에서 자기 삶을 역사화시킬 세계관을 찾았다는 의미 차원을 넘는다. 곽말약은 자주 자신의 운명을 프롤레타리아트의 그것과 동일시한다. 그 동일화는 가령, 자본주의 사회에서

그 금전의 마력은 실로 크다.
그것은 이미 전세계 가난한 사람들을 삼켰고,
우리 집도 보라, 곧 먹히려 한다.[151]

---

148) 「孤鴻－致成仿吾的一封信」, 『全集』16권, 10면.
   "把我從半眠狀態裏喚醒了的是它, 把我從岐路的彷徨裏引出了的是它, 把我從死的暗影裏救出了的是它, 我對於作者非常感謝, 我對於馬克思, 列寧非常感謝"
149) 中屋敷宏, 앞의 논문, 195-196면 참고.
150) 「復活」, 『全集』1권, 356면.
   "我現在是已經復活了, 復活了 / 復活在這混沌的但有希望的人實"
151) 「金錢的魔力」, 『全集』1권 406호.

면서, 이전에는 아주 뚱뚱하던 자기 아내가 지금에는 피골이 상접할 정도로 된 것은 금전의 마력 때문이라고 말한다.[152] 자기 집안의 운명을 자본 앞에서 착취당하는 가난한 사람들과 동일시하고 있다.

곽말약은 사회주의 사회가 되면 사람들이 물질적 속박에서 벗어날 것이라고 생각한다. 더 이상 금전의 마력에 먹힐 위험도, 빈곤으로 인한 물질적 속박으로 고통받지 않으리라는 것이다. 사회주의 혁명이 성공한 뒤에는 "모두가 생활 보장을 받음으로써 굶거나 추위에 떨 근심이 없으며" "초계급적이고 초빈부적이며 철저한 자유의 세계"[153]가 보장될 것이기 때문이다. 곽말약의 일본 생활 동안 끊임없이 그를 괴롭혔던 경제적 핍박이 이 세계에서는 당연히 사라질 것이라는 희망, 그 비전이 곽말약을 기쁨에 들뜨게 하였고, 그 비전에 의해 구원되는 것이다.

곽말약이 민족의 위기를 타개하기 위한 차원에서 마르크스주의를 받아들이고 있다는 점을 이해하기 위해서는 먼저, 당시 곽말약이 생각했던, 중국의 근대화와 반제국주의(반자본주의), 사회주의혁명 이 셋의 관계를 살피는 것이 필요하다. 이 셋 사이의 관계는 곽말약이 1920년대 중후반에 집중적으로 고민한 문제다. 이 삼자의 관계에 대해 곽말약은 1924부터 1926년 사이에 여러 정론과 산문에서 집중적으로 자기 의견을 개진하는데, 그 대표적인 문장은 다음과 같다.

"不消說這也是我自己的 殘暴 / 但是那金錢的魔力實在不小 / 它已經吃遍了全世界的窮人 / 我的一家看間也快要被它吃掉"

152) 위와 같음.

153) 「孤鴻 – 致成仿吾的一封信」, 『全集』 16권, 29면.

「일개위대적교훈一個偉大的教訓」(1924), 「궁한적궁담窮漢的窮談」(1925), 「공산여공관共産與共管」(1925), 「신국가적창조新國家的創造」(1925), 「도의흥거到宜興去」(1925).

이들 글을 통해 볼 때, 곽말약의 궁극 욕망은 중국의 근대화를 통한 중국 민족의 구원이다. 그러나 이 욕망을 방해하는 것은 제국주의다. 근대화는 제국주의가 중국에 존속하는 한 불가능하다. 때문에 제국주의를 축출하는 일이 급선무다. 이는 근대화를 통한 민족 구원이라는 욕망을 실현하기 위한 전제다. 그런데 제국주의를 무엇에 기대 축출할 것인가? 곽말약이 찾은 답은 사회주의 혁명이다.

곽말약은 일본이 경제적 비약을 이룬 것은 제국주의라는 외계의 영향이 절연되었기 때문이고, 따라서 중국이 자본주의 경제 발전을 이루기 위해서는 이런 외계의 영향이 절연된 상태가 필수적이며, 반제국주의라는 정치혁명을 통해서 그 조건을 창출해야 한다는 것이다.[154] 그가 사회주의 혁명이 성공한 뒤에는 러시아를 본 따 국가자본주의를 실시해야 한다고 주장하는 것도 이 맥락에서다.[155]

곽말약이 "우리가 지금 갈 수 있는 유일한 길은 국제자본가들을 우리 시장에서 몰아내는 것이다"라고 말할 때, 그가 생각했던 것은 제국주의가 중국에 있는 상태에서 중국에서 "자본주의 발달 가능성을 믿지 못하겠다"[156]는 이유 때문이었다. 중국이 사회주의 길을 갈

---

154) 「創造十年 續編」, 한국선 역, 『학생시대』(일월서각, 1990), 272면.

155) 위와 같음.

156) 龔繼民·方仁念, 『郭沫若年譜(上)』(天津 : 天津人民出版社, 1982), 164면.

수밖에 없는 이유에 대해 그는 "우리가 영원히 노예가 되고 싶지 않다면, 영원히 세계 자본주의 국가의 부용이 되고 싶지 않다면, 우리 중국인들에게는 오직 이 길을 가는 것밖에 남지 않았다. 즉 사회주의 의 길, 노농 러시아의 길을 가는 것이다"라고 말한다.

노예 상태를 벗어나 근대화를 통해 주인이 되는 것, 곽말약에게 이 욕망 실현을 위한 전범은 이제 러시아다. 그러나 이 전범은 서구의 길과 전적으로 다르지는 않다. 왜냐하면 궁극적으로는 국가자본주의 가 실시되는 가운데 근대화를 통한 생산력의 비약적 발전을 열망하 고 있기 때문이다.[157]

이 차원에서 보자면, 그에게 사회주의 혁명은 민족 해방과 근대화 를 위한 유효한 수단이다. 그가 욕망하는 전범이 서구에서 러시아로 바뀌었지만, 근대화를 욕망한다는 점에서는 서구 뒤쫓기라는 과거의 길과 러시아 뒤쫓기라는 현재의 길은 닮고, 겹쳐 있다.

그것은 곽말약이 사회주의 혁명의 길이 당시 중국 보다 앞서 있던 서구 제국주의 국가들을 따라잡을 지름길이라고 보는 데서도 나타 난다.

> 우리나라는 아직 더 힘껏 뛰어야 한다! 우리가 대공업을 발전시키
> 며 물질적 생산력을 증진시키자면 단 하나의 지름길이 있다. 그것은
> 하루속히 '사회주의적 정치혁명'을 진행하여 국가자본주의를 실시하
> 는 것이다.[158]

---

157) 위와 같음.

이는 낙후에서 초월로의 비약할 수 있는 환상의 드라마다. 낙후로 인한 굴욕에서 빠져 나와 제국주의인 서구를 뛰어 넘어 그들보다 앞설 수 있는 매력적인 구원이 바로 여기에 있다. 중국이 낙후되어 있지만, 힘껏 뛰어 지름길로 가로질러 가면 대공업을 발전시키는 등 비약적인 근대화가 가능하다는 것이다. 이 지름길은 "우리의 모든 치욕, 구습, 회의, 고민을… / 불속에 던져 버리고"[159] 민족의 굴욕을 청산하고 민족 해방이라는 재생을 얻는 길이다. 적어도 이 차원에서 보자면 그에게 자본주의와 다른 길을 가는 것은 수단에 불과할 뿐이다. 동일하게 근대화를 욕망한다는 점에서 볼 때 그렇다.

이렇게 보자면, 곽말약이 러시아와 중국이 20세기 새로운 세계의 주역, '샛별'이라고 주장하는 것을 어떻게 이해할 것이냐는 문제가 생긴다.

> 사람들아, 깨어나라! 깨어나라!
> 예전 미국과 프랑스는 - 18세기의 양대 혁명
> 신흥 러시아와 중국은 - 20세기의 양대 혁명
> 20세기 중화민족 대혁명이여!
> 어서 일어나라! 일어나라! 일어나라!
> 어서 이 20세기의 세계무대에서 새로운 극을 연출하자!
> 사람들아, 언제까지나 눈물의 계곡에서 흐느끼지 말라!
> 그대들 인권을 회복한 뒤

---

158) 「到宜興去」, 한국선 역, 『학생시대』, 359면.
159) 「血的幻影」, 『全集』 1권, 408면.

인류해방의 사명, 세계평화의 사명을

그대 20세기의 두 샛별이 양어깨에 져라!

사람들아, 일어나라! 일어나라! 일어나라![160]

미국과 프랑스는 이미 '예전(已往)'이고, 중국과 러시아는 '신흥新興'이라고 하고 있다. 곽말약이 중국과 러시아가 '20세기 세계무대'에서 새로움을 상징한다고 했을 때, 그 새로움의 정체란 무엇인가. 이 새로움의 정체를 밝히는 일은 곽말약이 러시아와 중국을 20세기 문명의 주역이라는 말의 진실됨을 해부하는 일일 것이다. 이 새로움은 당연히 중국인들은 더이상 "눈물의 계곡에서 흐느낄" 필요가 없다는 차원에서 운위될 문제가 아니다. 중국 민족의 구원이라는 차원보다는 더 큰 20세기 세계무대 차원에서 그 새로움의 정체가 거론되어야 한다.

아울러 중국과 러시아가 20세기에 서구의 길을 그대로 쫓아 추월하여 '20세기 세계무대'에서 강자의 지위를 차지한다고 해서 이를 두고 새로움을 운위할 수도 없다. 만약 곽말약이 이 두 가지 차원에서 새로움을 운위한다면 그것은 모방에 의한 끊임없이 전범 베끼기 차원의 가짜 새로움일 뿐이다.

---

160) 「黃河與揚子江對話」, 『全集』 1권, 314면.
　　 "人們喲, 醒! 醒! 醒! / 已往的美與法-是十八世紀的兩大革命 / 新興的俄與中-是
　　 二十世紀的兩大革命 / 二十世紀的中華民族大革命喲 / 快起! 起! 紀! / 快在這二
　　 十世紀世界舞臺上別演一場新劇! / 人們喲, 莫用永在淚谷之中歔歔! / 我們把人
　　 權恢復了之後 / 人類解放的使命, 世界和平的使命 / 要望你們二十世紀的兩個新
　　 星雙肩幷去! / 人們喲, 起! 起! 起!"

그런데 곽말약이 중국과 러시아가 이제 세계무대에서 새로운 극을 연출할 때라고 말할 때, 그가 의미하는 새로움은 모방 차원에 속하는 가짜 새로움이 아니라고 여긴다. 20세기에 중국과 러시아가 연출할 새로운 극은 이제까지 역사에 없었던 극이고, '인류의 대혁명 시대' '인문사人文史의 대혁명 시대'에 인류의 가장 이상적인 세계, 가장 아름다운 세계를 건설하는 극이다. 곽말약이 말하는 그 극의 내용이다.

　　　　사람들이 본성에 따라 그 재능을 발전시키며, 누구나 진리에 헌신함으로써 공헌하는 바를 이룰 수 있으며, 누구나 해탈을 얻을 수 있고, 누구나 열반을 얻을 수 있고, 이것은 가장 이상적인 세계, 가장 완전한 세계다. 이러한 세계가 몽상가의 유토피아런가? 유미주의자의 상아탑인가? 방오仿吾여, 아니다. 아니다. 나는 현재 믿는다. 그것이 분명 우리의 지상에 실현될 수 있음을!161)

　　곽말약이 이해한 공산주의 유토피아다. "모든 생활의 고통이 제거되고, 자연적·생리적 고통 이외에는 모두 다 사라지는"162) 세계이고, "모두가 힘을 다해 일해도 보수를 바라지 않으며, 모두가 생활 보장을 받음으로써 굶거나 추위에 떨 근심이 없으며"163) "초계급적이고

---

161) 「致仿吾的一封信」, 『全集』 16권, 8면.
　　　"什麼人都得殊其性誌所近以發展其才能,　什麼人都得以獻身於眞理李途有所貢獻, 什麼人都得以解脫, 什麼人都得以涅槃, 這眞是最理想的世界, 最完美的世界. 這種世界是一個夢想者的烏托邦嗎? 是一個唯美主義者的象牙宮殿嗎? 仿吾喲, 不是! 不是! 我現在相信着, 它的確是可以實現在我們的地上的!"
162) 위와 같음.

초빈부적이며 철저한 자유의 세계"다.[164]

여기에 이르면, 곽말약에게 새로운 전범으로서의 러시아적인 길은 더 이상 서구적인 길의 모방, 뒤쫓기가 아니다. 지상에 유토피아를 건설하는 길이 바로 러시아적인 길이고, 이는 서구의 길과 비교할 바가 아니라고 보는 것이다. 서구의 길을 모방하면서 뒤쫓기로는 감히 다가갈 수 없는 환상적인 절대 경지에 그의 유토피아가 있다.

러시아의 길을 따라 사회주의 혁명의 길을 간다는 것은 곽말약 개인와 민족의 출로일 뿐만 아니라, 여기서 한걸음 더 나아가 중국이 인류의 새로운 문명, 20세기 혁명의 주역이 되는 일, 인류의 유토피아를 건설하는 일을 맡는 일이다. 서구와 일본에 대한 중국의 낙후와 그로 인해 '지나인支那人'으로서 일본에서 겪어야 했던 굴욕, 그 노예 상태의 원천적인 청산이 이루어지는 것도 이 유토피아 기획에서다. 이른바 '강세強勢 이데올로기'를 통한 문제의 '근본 해결'의 길이다.[165]

민족의 위기 속에서 출발한 중국의 근대에서 낙후에서 오는 초조, 굴욕, 위기의식 등 모든 문제를 근원적으로 한꺼번에 해결할 수 있는 '강세 이데올로기'의 유토피아적 비전을 곽말약은 사회주의에서 찾는 것이다. 개인과 민족의 문제, 세계 속에서 민족의 지위와 인류사의

---

163) 「馬克思進文廟」, 『全集』 10권, 161면.

164) 「文藝家的覺悟」, 『全集』 16권, 29면.

165) 이에 대해서는 林毓生, 「對五四時期思想啓蒙運動的再認識」, 『五四運動與中國文化建設－五四運動七十周年學術討論會論文選(上)』(北京 : 社會科學文獻出版社, 1989), 139-146면 참조.

미래가 한꺼번에 근본적으로 해결될 수 있는 비전이 바로 그의 유토피아 기획에 있다.

곽말약에게는 이제 러시아의 길을 따라 가는 중국 혁명에 대해 강한 자부심을 갖는다. 20세기 역사의 새 조류를 중국이 선도한다는 뿌듯함과 긍지를 가졌던 것이다. 지난날의 민족적 굴욕감이 민족적 자부심으로 전환되고 있다.[166]

이렇게 보자면, 그가 공산주의 유토피아를 욕망하는 주요한 동기는 민족주의에서 나왔다고 할 수 있다. 『여신』 시기 서구식 근대를 모방하려는 욕망이 민족주의 동기에서 나왔다면, 그의 공산주의 유토피아에 대한 욕망 역시 민족주의 동기에서 나왔다고 할 수 있다. 사회주의 혁명을 통해 공산주의 유토피아를 건설하는 기획이 중국의 민족 해방과 세계사에서 중국의 앞선 지위를 동시에 보장해 줄 것이기 때문이다. 적어도 곽말약의 꿈은 그렇다.

1920년대 곽말약의 인격은 이렇게 철저하게 민족주의적이었다. 그의 자아는 기본적으로 민족을 자아 삶의 중심에 두는 민족주의적 자아다. 민족의 생명을 개인의 생명보다 더 진실하게 여기며, 민족의 생존을 개인의 생존보다 높은 층차의 절대적 실체로 여긴다는 면에서 그렇다. 그의 민족주의적 자아 속에서는 모든 사상, 모든 행동이

---

166) 趙園, 「中國現代小說中的'留學生'形象」, 『艱難的選擇』(上海 : 上海文藝出版社, 1985), 441면.
　　趙園은 곽말약에게 보이는 이러한 '굴욕과 긍지(屈辱與驕傲),' 굴욕의 긍지로의 전화를 위기의 중국에서 굴욕감이, 역사의 신기운 발견과 싹트고 있는 '소년 중국'의 발견에서 긍지가 나온다고 설명하고 있다.

민족이라는 필터를 통해 해석되게 된다. 자아의 모든 것은 민족이라는 '거대 서사' 안에 유기적으로 조직될 수 있을 때만이 진리로 인정된다. 모든 사상, 모든 행동은 민족을 위한 수단일 때만 의미를 갖게 된다.

때문에 곽말약은 "자유의 중국을 건설하려면 모든 중국인은 자기의 자유를 희생해야 한다. 모든 중국인은 자기의 모든 것을 조국의 해방을 위해 바쳐야 하고, 중국이 자유를 얻을 때 모든 중국인도 자유를 얻을 것이다"고 말하고, 중국 사회주의 혁명을 위해 쁘띠부르주아 지식인들더러 무아無我가 되어 프롤레타리아 계급의식을 전달하는 유성기가 되라고 이렇게 촉구한다.

> 그대들의 부숴진 나팔을 불지 말라. 잠시 유성기가 되어야 한다.
> 유성기가 된다는 것 — 이는 문예청년들의 가장 좋은 신조다. 그대들은
> 너무 쉽게 여기지 말라. 여기에는 몇 가지 필요한 조건이 있다.
> 첫째, 그 소리에 접근하여야 한다.
> 둘째, 무아가 되어야 한다.
> 셋째, 활동할 수 있어야 한다.[167]

---

167) 「英雄樹」, 『全集』 16권, 46면.
　　"你們不要亂吹你們的把喇叭，暫時當一個留聲機器吧! 當一個留聲機器-這是文藝靑年們的最好的信條. 第一, 要你接近那種聲音. 第二, 要你無我. 第三, 要你能够活動"

곽말약은 그가 욕망하는 유토피아를 실현할 주체는 "가장 맹렬하고, 가장 위험하고, 가장 거대한 폭탄"을 지닌 "3억 2천만의 빈농과 5백만의 산업노동자 대중"[168]이라고 확신하고, 소수의 선각자들은 자기의 개성, 자기의 자유를 희생시켜 노농 대중의 명을 받들어 프롤레타리아 계급의식으로 자신을 개조하라고 촉구한다.

중국 신문학사에서 '연안延安 문학'의 전통을 이루는 이른바 '지식인 작가 개조론'과 사회주의 혁명을 위한 선전 선동 문학론, 세계관과 창작 방법 사이의 기계적 대응이라는 기계적 유물론의 씨앗이 곽말약에 의해 뿌려진 셈이다. 곽말약 자신은 이같은 주장의 진리성을 전혀 의심하지 않았는데, 이는 그의 이 같은 사고가 '민족주의'라는 '거대 서사' 속에서 절대적 진리로 인정되었기 때문이다.

---

168) 「黃河女揚子江之對話 二」, 『全集』 1권, 382면.

찾아보기